Das was du WIRKLICH brauchst zum Abnehmen & Muskelaufbau

Das High-Protein Kochbuch To Go: Endlich ohne Heißhungerattacken mit 5 Min.-Rezepten & einfachen Zutaten und ohne Diät zur Traumfigur

SQUARE

Deutschsprachige Erstausgabe März 2025

2. Auflage

Claudio Terranova

Das was du WIRKLICH brauchst zum Abnehmen & Muskelaufbau

Das High Protein Kochbuch To Go

Endlich ohne Heißhungerattacken mit 5 Min.-Rezepten & einfachen Zutaten und ohne Diät zur Traumfigur

SQUARE

MEAL PREP

AB SEITE 69

BONUS-TEIL

AB SEITE 138

"Endlich abnehmen – ganz automatisch und ohne Diät!"

Inhaltsverzeichnis

Einführung

Herzlich willkommen zu deinem High-Protein Kochbuch!

Dieses Buch ist mehr als nur ein Kochbuch voller Proteinrezepte – es ist ein umfassender Leitfaden, der dir alle notwendigen Informationen liefert, um deine Ernährungsziele zu erreichen. Hier findest du nicht nur leckere und gesunde Mahlzeiten, die einfach und schnell zuzubereiten sind, sondern auch alles, was du wissen musst, um aus diesen Proteinen das Beste herauszuholen.

Unsere Rezepte bestehen aus unkomplizierten Zutaten, die du in jedem Supermarkt oder Discounter findest. Du musst also nicht stundenlang nach exotischen Zutaten suchen oder lange in der Küche stehen. Die Gerichte sind so konzipiert, dass sie schnell zubereitet werden können, ohne dabei an Geschmack oder Nährstoffdichte zu verlieren.

Doch dieses Buch geht noch weiter: Du erhältst wertvolle Informationen, wie du durch eine gezielte Proteinaufnahme Muskeln aufbauen und gleichzeitig deinen Körperfettanteil senken kannst. Entgegen vieler Mythen ist es sehr wohl möglich, beides gleichzeitig zu erreichen. Im Verlauf des Buches erläutern wir im Detail, wie du dies schaffst, und räumen mit den gängigen Missverständnissen auf.

Freu dich auf den Bonusteil, denn dort wartet eine echte Mehrwertbombe auf dich. Dieser Abschnitt ist für alle gedacht, die endlich unkompliziert ihre Traumfigur erreichen möchten.

Es ist wichtig zu beachten, dass die Nährwertangaben je nach Supermarkt und Marke variieren können. Unterschiedliche Hersteller oder Anbieter nutzen möglicherweise leicht unterschiedliche Rezepturen oder Zutaten, was zu Abweichungen in den angegebenen Werten führen kann.

Zudem sollte man beachten, dass sich die angegebenen Proteine und Nährwerte stets auf eine einzelne Portion beziehen, während das gesamte Rezept in der Regel mehrere Portionen umfasst. Es ist daher sinnvoll, die Gesamtwerte im Blick zu behalten und die Mengen entsprechend aufzuteilen.

Gleichzeitig sollten Nährwertangaben immer als grobe Richtwerte verstanden werden – Schwankungen können auftreten, insbesondere bei Produkten aus Sonderaktionen oder bei unterschiedlichen Verpackungsgrößen.

Auch ist wichtig: Zutaten lassen sich flexibel austauschen, und Portionsgrößen können angepasst werden, um die Proteinzufuhr zu erhöhen. Versteift euch nicht zu sehr auf exakte Werte – es gibt kein perfektes Rezept, das für jede Person passt. Es gibt auch keine magische Pille. Rezepte sind als Orientierung gedacht, die ihr individuell auf eure Ziele und Bedürfnisse zuschneiden solltet.

Einige Zutaten – wie Gewürze oder bestimmte Ölsorten – sind nicht zwingend notwendig und lassen sich leicht austauschen. Außerdem ist zu beachten, dass nicht alle Rezepte, je nach Portionsgröße, automatisch kalorien- oder kohlenhydratarm sind.

Allerdings kann man bei den Portionsgrößen nach Belieben variieren. Dieses Buch dient als wertvolle Inspirationsquelle, damit du die Rezepte nach deinem Ziel und Bedarf optimieren kannst.

Ich wünsche dir viel Spaß mit dem Buch und vor allem viel Erfolg auf deinem Weg zu mehr Wohlbefinden.

Wohlbefinden ist unser Geburtsrecht.

Herzlichst,

Claudio Terranova

Endlich mit einfachen Zutaten unkompliziert gesunde & schnelle Mahlzeiten zubereiten!

In der heutigen hektischen Welt, in der wir alle ständig unter Zeitdruck stehen, ist es oft eine Herausforderung, gesunde und ausgewogene Mahlzeiten zuzubereiten. Der Alltag zwischen Beruf, Familie, Hobbys und sozialen Verpflichtungen lässt wenig Raum für aufwendige Kochprojekte. Doch gesundes Essen muss weder kompliziert noch zeitaufwendig sein. Mit diesem High Protein Kochbuch möchten wir dir zeigen, wie du mit einfachen, leicht zugänglichen Zutaten unkompliziert gesunde und schnelle Mahlzeiten zubereiten kannst.

Der Schlüssel zu einer gesunden Ernährung liegt oft in der Auswahl der richtigen Zutaten. In diesem Kochbuch haben wir darauf geachtet, Zutaten zu verwenden, die in jedem gut sortierten Supermarkt erhältlich sind. Du musst also keine exotischen Lebensmittel suchen oder spezielle Geschäfte aufsuchen. Unsere Rezepte basieren auf alltäglichen Produkten wie frischem Gemüse, magerem Fleisch, Fisch, Hülsenfrüchten, Vollkornprodukten und natürlichen Gewürzen.
Einfache Zutaten bedeuten jedoch nicht langweilige Gerichte.

Ganz im Gegenteil! Mit der richtigen Kombination aus frischen und nährstoffreichen Lebensmitteln kannst du schmackhafte und abwechslungsreiche Mahlzeiten zaubern, die deinen Körper mit allen wichtigen Nährstoffen versorgen. Dabei liegt der Fokus auf proteinreichen Zutaten, die nicht nur lange satt machen, sondern auch wichtig für den Muskelaufbau und die Regeneration sind.

Unsere Rezepte sind so konzipiert, dass sie auch von Kochanfängern problemlos nachgekocht werden können. Jedes Rezept ist detailliert beschrieben und mit Schritt-für-Schritt-Anleitungen versehen. Du wirst sehen, wie einfach es ist, gesunde Mahlzeiten zuzubereiten, die sowohl lecker als auch nährstoffreich sind. Egal, ob du ein schnelles Frühstück, ein leichtes Mittagessen oder ein herzhaftes Abendessen zubereiten möchtest – in diesem Kochbuch findest du für jede Gelegenheit das passende Rezept.

Besonders wichtig war uns bei der Zusammenstellung der Rezepte, dass sie sich schnell und ohne großen Aufwand zubereiten lassen.

Viele unserer Gerichte sind in weniger als 10 Minuten fertig und benötigen nur wenige Handgriffe. Das spart nicht nur Zeit, sondern sorgt auch dafür, dass du im Handumdrehen ein leckeres Essen auf dem Tisch hast. Ideal für den hektischen Alltag, nach dem Sport oder einfach, wenn du wenig Zeit zum Kochen hast.

Ein weiterer Vorteil unserer Rezepte ist, dass sie sich hervorragend vorbereiten und mitnehmen lassen. Meal Prep ist ein Konzept, das immer mehr an Beliebtheit gewinnt, da es eine effiziente Möglichkeit bietet, gesunde Mahlzeiten für mehrere Tage vorzubereiten.

In unserem Kochbuch findest du viele Rezepte, die sich gut für die Vorbereitung eignen und die du problemlos im Kühlschrank aufbewahren oder einfrieren kannst. So hast du immer eine gesunde Mahlzeit griffbereit, selbst wenn die Zeit knapp ist.

Wir möchten dir mit diesem Kochbuch zeigen, dass eine gesunde Ernährung nicht kompliziert sein muss. Mit den richtigen Zutaten und ein wenig Planung kannst du mühelos ausgewogene und proteinreiche Mahlzeiten zubereiten, die dich fit und gesund halten. Lass dich inspirieren von unseren vielfältigen Rezepten und entdecke, wie einfach es sein kann, gesund zu essen – ohne dabei auf Geschmack und Genuss zu verzichten.
Egal, ob du ein erfahrener Koch oder ein Anfänger in der Küche bist, dieses High Protein Kochbuch bietet dir eine Fülle von Ideen und Anregungen, um deine Ernährung auf einfache und leckere Weise zu verbessern.

Freue dich auf gesunde und schnelle Mahlzeiten, die du mit Freude und Leichtigkeit zubereiten kannst. Endlich ist es möglich, mit einfachen Zutaten unkompliziert gesunde und schnelle Mahlzeiten zu genießen!

Mehr als nur ein High Protein Kochbuch

Dieses Buch ist weit mehr als nur eine Sammlung proteinreicher Rezepte – es ist ein umfassender Leitfaden für eine gesunde, ausgewogene und nachhaltige Ernährung. Wir wissen, dass eine hohe Proteinaufnahme entscheidend für den Muskelaufbau, die Regeneration und den allgemeinen Gesundheitszustand ist. Doch eine gesunde Ernährung umfasst viel mehr als nur Proteine. Mit diesem Kochbuch möchten wir dir ein ganzheitliches Konzept für eine Ernährung an die Hand geben, die nicht nur deinen Körper, sondern auch deinen Geist nährt.

Wissenschaftlich fundierte Informationen

Am Anfang steht das Wissen. Bevor du dich in die Welt der Rezepte stürzt, bieten wir dir eine solide Grundlage durch wissenschaftlich fundierte Informationen zu Ernährung, Proteinbedarf und den gesundheitlichen Vorteilen einer proteinreichen Kost.

Wir erklären dir, warum Proteine so wichtig sind, welche Rolle sie in deinem Körper spielen und wie du deinen individuellen Proteinbedarf ermittelst. Darüber hinaus erfährst du, welche unterschiedlichen Proteinquellen es gibt – von tierischen über pflanzliche bis hin zu innovativen Alternativen wie Insekten- oder Algenproteinen.

Ernährungsstrategien für jeden Lebensstil

Egal, ob du ein aktiver Sportler, ein vielbeschäftigter Berufstätiger, eine Mutter oder Vater, der/die gesunde Mahlzeiten für die Familie zubereiten möchte, oder jemand bist, der einfach seine Ernährungsgewohnheiten verbessern möchte – dieses Buch bietet dir maßgeschneiderte Ernährungsstrategien, die zu deinem Lebensstil passen. Du findest Tipps und Tricks, wie du deine Ernährung auch bei einem vollen Terminkalender umsetzen kannst, wie du gesunde Gewohnheiten etablierst und langfristig beibehältst und wie du dich auch unterwegs gesund ernährst.

Fokus auf Nachhaltigkeit

Ein weiterer wichtiger Aspekt dieses Kochbuchs ist die Nachhaltigkeit. Wir sind uns der ökologischen und sozialen Auswirkungen unserer Ernährungsweise bewusst und möchten dir zeigen, wie du durch bewusste Entscheidungen einen positiven Beitrag leisten kannst. Dazu gehören Tipps zum Einkauf saisonaler und regionaler Produkte, zur Reduktion von Lebensmittelverschwendung und zur Auswahl von umweltfreundlichen Proteinquellen. Mit unseren Rezepten und Anleitungen kannst du nicht nur deine eigene Gesundheit fördern, sondern auch einen Beitrag zum Schutz unseres Planeten leisten.

Inspiration für eine abwechslungsreiche Küche

Langweilige und eintönige Ernährung war gestern. Dieses Kochbuch steckt voller kreativer und inspirierender Rezepte, die deine Geschmacksknospen kitzeln und deine Küche in eine wahre Schatzkammer der Vielfalt verwandeln. Ob du nun exotische Aromen liebst, die einfache Hausmannskost bevorzugst oder experimentierfreudig bist und neue kulinarische Wege gehen möchtest – in unserem Buch findest du eine breite Palette an Rezepten, die für jeden Geschmack etwas zu bieten haben. Von herzhaften Hauptgerichten über nahrhafte Snacks bis hin zu verlockenden Desserts – unsere Rezepte sind so vielfältig wie lecker.

Praxisnahe Tipps & Tricks

Neben den Rezepten bieten wir dir zahlreiche praktische Tipps und Tricks, die dir das Kochen erleichtern und dich dabei unterstützen, deine Küche optimal zu nutzen.

Du erfährst, wie du deine Vorräte richtig organisierst, welche Küchenutensilien besonders hilfreich sind und wie du effizient und zeitsparend kochst. Wir zeigen dir auch, wie du Reste clever verwertest und mit einfachen Methoden deine Mahlzeiten noch nährstoffreicher und schmackhafter gestaltest.

Gemeinschaft & Motivation

Ernährung ist nicht nur eine individuelle Angelegenheit, sondern oft auch eine soziale Erfahrung. Wir ermutigen dich, gemeinsam mit Familie und Freunden zu kochen und zu genießen. Denn gemeinsames Essen stärkt die Bindungen und macht die Mahlzeiten noch genussvoller. Darüber hinaus bieten wir dir Anregungen, wie du andere in deinem Umfeld für eine gesunde Ernährung begeistern und motivieren kannst.

Mit diesem High Protein Kochbuch erhältst du also weit mehr als nur Rezepte. Du bekommst einen umfassenden Ratgeber an die Hand, der dich auf deinem Weg zu einem gesünderen, ausgewogeneren und nachhaltigeren Lebensstil begleitet. Lass dich inspirieren, motivieren und vor allem: genieße die Reise zu einem neuen kulinarischen Abenteuer, das dir und deiner Gesundheit zugutekommt.

Vegetarier und Veganer sind ebenfalls willkommen

Eine ausgewogene und proteinreiche Ernährung ist nicht ausschließlich Fleischessern vorbehalten. In diesem High Protein Kochbuch möchten wir auch Vegetariern und Veganern eine Vielzahl an köstlichen, nahrhaften und leicht zuzubereitenden Rezepten bieten. Wir sind uns der wachsenden Anzahl von Menschen bewusst, die sich aus ethischen, gesundheitlichen oder ökologischen Gründen für eine vegetarische oder vegane Ernährungsweise entscheiden. Deshalb haben wir ein breites Spektrum an pflanzlichen Rezepten entwickelt, die deinen Proteinbedarf decken und gleichzeitig abwechslungsreich und schmackhaft sind.

Die Vielfalt der pflanzlichen Proteinquellen

Pflanzliche Proteinquellen sind genauso wertvoll wie tierische, und in vielerlei Hinsicht sogar vorteilhafter für deine Gesundheit und die Umwelt. In unserem Kochbuch stellen wir dir eine Vielzahl an pflanzlichen Proteinlieferanten vor, darunter Hülsenfrüchte wie Linsen, Kichererbsen und Bohnen, Getreide wie Quinoa und Amaranth, Nüsse und Samen sowie innovative Produkte wie Tofu, Tempeh, Seitan und Lupinen.

Jede dieser Zutaten bringt nicht nur eine Fülle an Proteinen mit sich, sondern auch wertvolle Ballaststoffe, Vitamine und Mineralstoffe.

Kreative & leckere Rezepte

Wir haben eine breite Palette an kreativen und schmackhaften Rezepten entwickelt, die speziell auf die Bedürfnisse von Vegetariern und Veganern abgestimmt sind. Von herzhaften Eintöpfen und Currys über knackige Salate und köstliche Sandwiches bis hin zu raffinierten Desserts – bei uns findest du für jede Gelegenheit das passende Gericht. Unsere Rezepte sind nicht nur reich an Proteinen, sondern auch
vollgepackt mit Geschmack und Nährstoffen, die deinen Körper optimal versorgen.

Tipps und Tricks für die pflanzliche Küche

Neben den Rezepten bieten wir dir eine Vielzahl an Tipps und Tricks, wie du deine pflanzliche Ernährung noch abwechslungsreicher und nährstoffreicher gestalten kannst.

Du erfährst, wie du durch geschickte Kombinationen von Lebensmitteln eine vollständige Aminosäurebilanz erreichst, wie du pflanzliche Proteine am besten zubereitest und wie du mit einfachen Mitteln den Geschmack und die Textur deiner Gerichte verbessern kannst.

Außerdem geben wir dir praktische Ratschläge, wie du pflanzliche Milchalternativen, Joghurt und Käse selbst herstellen kannst.

Nachhaltigkeit und ethische Überlegungen

Eine pflanzliche Ernährung ist nicht nur gesund, sondern auch nachhaltig und ethisch. In unserem Kochbuch gehen wir auf die positiven Auswirkungen einer vegetarischen und veganen Ernährung auf die Umwelt ein.

Wir zeigen dir, wie du durch bewusste Entscheidungen einen Beitrag zum Klimaschutz leisten und die Ressourcen unseres Planeten schonen kannst.

Darüber hinaus reflektieren wir die ethischen Aspekte des Verzichts auf tierische Produkte und ermutigen dich, deinen eigenen Weg zu einer bewussteren Ernährungsweise zu finden.

Gemeinschaft und Austausch

Wir möchten, dass dieses Kochbuch nicht nur eine Sammlung von Rezepten ist, sondern auch eine Quelle der Inspiration und des Austauschs.

Egal, ob du Vegetarier oder Veganer bist oder einfach nur ab und zu pflanzliche Gerichte in deine Ernährung integrieren möchtest – bei uns bist du willkommen.

Wir ermutigen dich, deine Erfahrungen und Ideen mit anderen zu teilen, gemeinsam zu kochen und neue kulinarische Entdeckungen zu machen.

Denn gemeinsam macht das Kochen und Genießen noch mehr Spaß.

Unterstützung für den Umstieg

Falls du erst am Anfang deiner vegetarischen oder veganen Reise stehst, bieten wir dir Unterstützung und Orientierung.

Wir geben dir praktische Tipps, wie du den Übergang zu einer pflanzlichen Ernährung erfolgreich gestalten kannst, ohne auf wichtige Nährstoffe zu verzichten.

Du erfährst, wie du deinen Speiseplan ausgewogen gestaltest, welche Nährstoffe besonders wichtig sind und wie du mögliche Mangelerscheinungen vermeidest.

Dieses High Protein Kochbuch zeigt, dass eine vegetarische oder vegane Ernährung keineswegs eintönig oder schwierig sein muss.

Mit unseren vielfältigen und leicht umsetzbaren Rezepten kannst du deinen Proteinbedarf decken, dich gesund und ausgewogen ernähren und gleichzeitig einen positiven Beitrag zur Umwelt leisten.

Tauche ein in die Welt der pflanzlichen Proteine und entdecke, wie lecker und befriedigend eine pflanzliche Ernährung sein kann. Vegetarier und Veganer sind in diesem Kochbuch mehr als willkommen – sie sind ein integraler Bestandteil unserer kulinarischen Vision.

Muskeln aufbauen und Fett verbrennen für Frauen und Männer

Ob du ein erfahrener Athlet oder ein Anfänger bist, ob du deine Fitness verbessern, Muskeln aufbauen oder Fett verlieren möchtest – dieses High Protein Kochbuch ist für dich da. Eine ausgewogene Ernährung ist der Schlüssel zu deinem Erfolg und wir zeigen dir, wie du durch gezielte, proteinreiche Mahlzeiten deine Fitnessziele erreichen kannst. Die Rezepte und Tipps in diesem Buch sind sowohl für Frauen als auch für Männer geeignet und berücksichtigen die spezifischen Bedürfnisse und Herausforderungen beider Geschlechter.

Wissenschaftliche Grundlagen

Bevor wir in die praktischen Tipps und Rezepte eintauchen, ist es wichtig, die wissenschaftlichen Grundlagen zu verstehen. Muskelaufbau und Fettverbrennung sind komplexe Prozesse, die durch die richtige Kombination aus Ernährung und Training unterstützt werden. Proteine spielen eine zentrale Rolle beim Muskelaufbau, da sie die Bausteine für das Muskelgewebe liefern. Darüber hinaus tragen sie zur Sättigung bei und können so helfen, Heißhungerattacken zu vermeiden und die Fettverbrennung zu fördern.

Ernährung für den Muskelaufbau

Für den Muskelaufbau ist eine positive Kalorienbilanz notwendig – das bedeutet, dass du mehr Kalorien zu dir nimmst, als du verbrennst.

Allerdings sollten diese Kalorien aus nährstoffreichen Lebensmitteln stammen, um sicherzustellen, dass dein Körper die notwendigen Nährstoffe erhält.

Hier kommt die Bedeutung einer proteinreichen Ernährung ins Spiel. Proteine unterstützen die Muskelproteinsynthese, die für das Wachstum und die Reparatur von Muskeln unerlässlich ist.

Wir bieten dir eine Vielzahl an Rezepten, die reich an hochwertigen Proteinen sind und gleichzeitig die benötigten Kohlenhydrate und Fette enthalten, um deine Energielevel hoch zu halten. Unsere Rezepte umfassen:

- **Frühstücksideen** wie proteinreiche Smoothie Bowls, Omelettes und Overnight Oats.
- **Hauptgerichte** wie gegrilltes Hähnchen mit Quinoa, Linsencurrys und Tofu-Stir-Fry.
- **Snacks** wie proteinreiche Müsliriegel, Hummus mit Gemüsesticks und Nüsse.

Integration von Training und Ernährung

Ernährung und Training gehen Hand in Hand. In diesem Buch findest du nicht nur Rezepte, sondern auch Tipps, wie du deine Mahlzeiten rund um dein Training planst.

Pre-Workout-Mahlzeiten sollten Kohlenhydrate und Proteine enthalten, um dir Energie zu geben, während Post-Workout-Mahlzeiten den Fokus auf Proteine legen sollten, um die Muskelregeneration zu unterstützen.

Langfristige Strategien für Erfolg

Unser Ziel ist es, dir nicht nur kurzfristige Ergebnisse zu ermöglichen, sondern dich auch mit dem Wissen und den Werkzeugen auszustatten, um langfristig erfolgreich zu sein.

Wir bieten dir Strategien zur Mahlzeitenplanung, zur Vermeidung von Rückschlägen und zur Aufrechterhaltung deiner Motivation.

Mit unseren praktischen Ratschlägen und leckeren Rezepten wirst du in der Lage sein, deine Fitnessziele zu erreichen und auf lange Sicht zu halten.

Dieses High Protein Kochbuch ist dein zuverlässiger Begleiter auf dem Weg zu mehr Muskelmasse und weniger Körperfett.

Egal ob du ein Mann oder eine Frau bist, Anfänger oder Fortgeschrittener – mit den richtigen Rezepten und Strategien wirst du deine Ziele erreichen.

Lasse dich inspirieren und starte deine Reise zu einem fitteren, gesünderen Selbst!

Abschied, Heißhungerattacken!

In unserem High Protein Kochbuch zeigen wir dir, wie du mit gezielten Ernährungsstrategien und leckeren Rezepten Heißhungerattacken erfolgreich den Kampf ansagst.Heißhunger ist oft ein Zeichen dafür, dass der Körper bestimmte Nährstoffe benötigt oder dass der Blutzuckerspiegel aus dem Gleichgewicht geraten ist. Unsere Rezepte sind darauf ausgelegt, diesen Herausforderungen vorzubeugen und dich langanhaltend satt zu halten.

Proteinreiche Mahlzeiten für langanhaltende Sättigung

Proteine sind nicht nur wichtig für den Muskelaufbau, sondern auch für ein langanhaltendes Sättigungsgefühl. Sie helfen, den Blutzuckerspiegel stabil zu halten und Heißhunger vorzubeugen. In unserem Kochbuch findest du eine Vielzahl an proteinreichen Rezepten, die dich über Stunden hinweg energiegeladen halten. Von herzhaften Frühstücksideen über leichte Mittagessen bis hin zu köstlichen Abendessen – jedes Gericht ist darauf ausgerichtet, Heißhungerattacken zu reduzieren und dein Wohlbefinden zu steigern.

Gesunde Snack-Optionen für zwischendurch

Auch für den kleinen Hunger zwischendurch haben wir die perfekten Lösungen. Statt zu ungesunden Snacks zu greifen, die nur kurzzeitig sättigen und dann wieder Hunger verursachen können,

nur kurzzeitig sättigen und dann wieder Hunger verursachen können, bieten wir dir gesunde Snack-Optionen, die reich an Proteinen und wichtigen Nährstoffen sind. Ob proteinreiche Müsliriegel, griechischer Joghurt mit Beeren oder knackiges Gemüse mit Hummus – diese Snacks sind nicht nur lecker, sondern auch gut für dich.

Clevere Mahlzeitenplanung und Vorbereitung

Eine clevere Mahlzeitenplanung und Vorbereitung sind Schlüssel, um Heißhungerattacken zu vermeiden. Wir zeigen dir, wie du deine Mahlzeiten im Voraus planst und vorbereitest, um auch in stressigen Zeiten gesund zu essen.

Meal Prep ist eine effektive Methode, um dich vorzubereiten und sicherzustellen, dass du immer eine gesunde Option zur Hand hast, wenn der Hunger zuschlägt.

Balance und Genuss

Eine ausgewogene Ernährung bedeutet nicht Verzicht, sondern Balance. Wir legen Wert darauf, dass unsere Rezepte nicht nur gesund und nährstoffreich sind, sondern auch köstlich und voller Geschmack. Indem wir hochwertige Zutaten und kreative Zubereitungsmethoden verwenden, möchten wir sicherstellen, dass jede Mahlzeit nicht nur deine Ernährungsbedürfnisse erfüllt, sondern auch ein Genusserlebnis ist.

Gemeinsam stark gegen Heißhunger

Heißhungerattacken können auch durch emotionale oder soziale Faktoren ausgelöst werden. Deshalb ermutigen wir dich, dich nicht nur auf deine Ernährung zu konzentrieren, sondern auch auf andere Aspekte deines Lebens, die dich glücklich und ausgeglichen machen. Gemeinsames Essen mit Freunden und Familie, regelmäßige Bewegung und Stressmanagement können dazu beitragen, Heißhunger vorzubeugen und ein gesundes, ausgewogenes Leben zu führen.

Mit unserem High Protein Kochbuch bist du bestens gerüstet, um Heißhungerattacken zu verabschieden und stattdessen langfristig eine gesunde und energiegeladene Lebensweise zu fördern.
Entdecke die
Vielfalt unserer Rezepte, lerne nährstoffreiche Zutaten kennen und genieße das Essen – ganz ohne Sorgen vor unerwünschten Essgelüsten. Mach dich bereit für eine Reise zu einem gesünderen und glücklicheren Selbst!

Die besten Proteinquellen

Eine ausgewogene Ernährung mit einem angemessenen Proteinanteil ist entscheidend für den Muskelaufbau, die Erholung nach dem Training und die allgemeine Gesundheit. Doch nicht alle Proteinquellen sind gleich.

Einige bieten nicht nur hochwertige Proteine, sondern sind auch kalorienarm, was sie besonders attraktiv für eine gesunde Ernährung macht.

In diesem Abschnitt stellen wir dir die besten Proteinquellen vor, die sich durch einen hohen Proteingehalt pro 100g auszeichnen und gleichzeitig vergleichsweise wenige Kalorien enthalten.

Hähnchenbrust (gekocht)

Hähnchenbrust ist eine der beliebtesten Proteinquellen unter Fitness-Enthusiasten und Gesundheitsbewussten. Sie enthält pro 100g etwa 31g Protein und nur 165 Kalorien. Hähnchenbrust ist nicht nur reich an Proteinen, sondern auch fettarm, was sie zu einer ausgezeichneten Wahl für eine proteinreiche Ernährung macht.

Thunfisch (in Wasser)

Thunfisch ist eine weitere großartige proteinreiche Option, besonders wenn er in Wasser konserviert wird. Pro 100g liefert Thunfisch etwa 29g Protein bei nur etwa 116 Kalorien.

Er ist reich an Omega-3-Fettsäuren und liefert wichtige Nährstoffe wie Vitamin D und Selen.

Magerquark

Magerquark ist eine hervorragende Proteinquelle für alle, die eine kalorienarme und dennoch proteinreiche Option suchen. Mit etwa 13g Protein und nur 71 Kalorien pro 100g ist Magerquark nicht nur gut für den Muskelaufbau, sondern auch für die Sättigung dank seines hohen Gehalts an Casein, einem langsam verdaulichen Protein.

Griechischer Joghurt (0%)

Griechischer Joghurt mit 0% Fettgehalt ist reich an Proteinen und eine großartige Option für eine gesunde Ernährung. Er enthält etwa 10g Protein pro 100g bei nur 59 Kalorien. Griechischer Joghurt ist auch eine gute Quelle für Probiotika, die die Darmgesundheit fördern können.

Eier

Eier sind eine natürliche Proteinquelle, die einfach zuzubereiten und vielseitig einsetzbar ist. Ein durchschnittliches Ei enthält etwa 6g Protein und rund 68 Kalorien. Sie sind auch reich an Vitaminen und Mineralstoffen wie Vitamin B12, Vitamin D und Cholin.

Tofu (fest)

Tofu ist eine beliebte pflanzliche Proteinquelle, die aus Sojabohnen hergestellt wird. Festes Tofu enthält etwa 8g Protein und 76 Kalorien pro 100g. Tofu ist vielseitig in der Küche einsetzbar und eine gute Option für Vegetarier und Veganer, die ihren Proteinbedarf decken möchten.

Linsen (gekocht)

Linsen sind nicht nur eine ausgezeichnete Quelle für Ballaststoffe, sondern auch für Proteine. Gekochte Linsen enthalten etwa 9g Protein und 116 Kalorien pro 100g. Sie sind reich an Eisen, Ballaststoffen und verschiedenen Vitaminen und Mineralstoffen.

Kichererbsen (gekocht)

Kichererbsen sind vielseitig einsetzbar und eine wertvolle Proteinquelle für vegetarische Gerichte. Gekochte Kichererbsen enthalten etwa 9g Protein und 164 Kalorien pro 100g. Sie sind reich an Ballaststoffen, Eisen, Folsäure und anderen wichtigen Nährstoffen.

Quinoa (gekocht)

Quinoa ist ein nährstoffreiches Pseudogetreide, das als vollständige Proteinquelle gilt. Gekochtes Quinoa enthält etwa 4g Protein und 120 Kalorien pro 100g. Es ist reich an Ballaststoffen, Eisen, Magnesium und verschiedenen B-Vitaminen.

Magermilch

Magermilch ist eine einfache und erschwingliche Proteinquelle, die auch viele andere wichtige Nährstoffe wie Kalzium und Vitamin D enthält. Magermilch enthält etwa 3g Protein und nur 32 Kalorien pro 100ml.

Hier ist eine Liste der besten Proteinquellen mit wenig Kalorien, nach dem Proteingehalt pro:

Proteinquelle	Protein pro 100g	Kalorien pro 100g
Alaska Seelachsfilet	100g	77 kcal
Harzer Käse	100g	134 kcal
Königinnen Frischkäse	100g	135 kcal
Thunfisch (in Wasser)	100g	116 kcal
Lachsfilet (gekocht)	100g	116 kcal
Lachs (geräuchert)	100g	117 kcal
Forelle (geräuchert)	100g	119 kcal
Quinoa (gekocht)	100g	120 kcal
Rindfleisch (mager)	100g	121 kcal
Garnelen (gekocht)	100g	119 kcal
Rindfleisch (gekocht)	100g	121 kcal
Sojabohnen (gekocht)	100g	141 kcal
Kichererbsen (gekocht)	100g	164 kcal
Thunfisch (gefroren)	100g	170 kcal
Hummer (gekocht)	100g	143 kcal
Hummer (roh)	100g	105 kcal
Linsen (gekocht)	100g	116 kcal
Hühnerbrustfilet	100g	165 kcal
Hering (in Öl)	100g	158 kcal
Magerquark	100g	71 kcal
Kabeljau (gekocht)	100g	82 kcal
Magermilch	100g	32 kcal
Räucherlachs	100g	201 kcal
Truthahnbrust	100g	135 kcal
Schweinefilet (roh)	100g	143 kcal
Ei (gekocht)	100g	155 kcal
Makrele (geräuchert)	100g	184 kcal
Hähnchenbrust (gekocht)	100g	165 kcal
Makrele (roh)	100g	262 kcal
Tofu (fest)	100g	76 kcal
Edamer Käse	100g	357 kcal
Parmesan	100g	420 kcal

Diese proteinreichen Lebensmittel bieten dir nicht nur die notwendigen Bausteine für deine Muskeln, sondern helfen auch dabei, deine Kalorienzufuhr im Auge zu behalten. Integriere sie in deine Mahlzeiten und genieße die Vorteile einer ausgewogenen und gesunden Ernährung!

Die richtige Mischung aus Mikro- und Makronährstoffen

Eine gesunde Ernährung geht über den reinen Proteingehalt hinaus und erfordert eine ausgewogene Kombination aus Mikro- und Makronährstoffen. Mikronährstoffe, wie Vitamine und Mineralstoffe, sind für zahlreiche lebenswichtige Funktionen im Körper unerlässlich.

Sie unterstützen nicht nur das Immunsystem, sondern spielen auch eine entscheidende Rolle bei der Zellregeneration, der Energieproduktion und der Regulation von Stoffwechselprozessen.

Makronährstoffe wie Kohlenhydrate und Fette liefern die notwendige Energie für körperliche Aktivitäten und sind ebenfalls wichtig für eine ausgewogene Ernährung.

Mikronährstoffe:

Vitamine und Mineralstoffe

Vitamine sind organische Verbindungen, die der Körper benötigt, um verschiedene Funktionen aufrechtzuerhalten. Ein Mangel an Vitaminen kann zu einer Vielzahl von gesundheitlichen Problemen führen. Hier sind einige wichtige Vitamine und ihre Funktionen:

Vitamin A: Unterstützt die Sehkraft, das Immunsystem und das Zellwachstum.

Vitamin C: Hilft bei der Kollagenproduktion, stärkt das Immunsystem und wirkt als Antioxidans.

Vitamin D: Reguliert den Calcium- und Phosphatstoffwechsel und ist wichtig für starke Knochen.

Vitamin E: Schützt Zellen vor oxidativem Stress und unterstützt die Hautgesundheit.

Vitamin K: Ist wichtig für die Blutgerinnung und spielt eine Rolle im Knochenstoffwechsel.

Mineralstoffe sind anorganische Nährstoffe, die der Körper in verschiedenen Mengen benötigt. Sie sind wichtig für die Funktion von Enzymen, Hormonen und anderen biochemischen Reaktionen. Zu den wesentlichen Mineralstoffen gehören:

Eisen: Wichtig für den Sauerstofftransport im Blut und die Energieproduktion.

Calcium: Erhaltung gesunder Knochen und Zähne, Muskelkontraktionen und Nervenfunktionen.

Magnesium: Unterstützt über 300 enzymatische Reaktionen im Körper, einschließlich der Energieproduktion und Muskelkontraktion.

Kalium: Reguliert den Flüssigkeitshaushalt, die Muskelkontraktion und den Blutdruck.

Zink: Erforderlich für das Immunsystem, die Wundheilung, den Stoffwechsel und die DNA-Synthese.

Eine ausgewogene Ernährung, die reich an frischem Obst, Gemüse, Vollkornprodukten, magerem Fleisch und gesunden Fetten ist, stellt sicher, dass du ausreichend Vitamine und Mineralstoffe aufnimmst.

Makronährstoffe:

Kohlenhydrate, Proteine und Fette

Makronährstoffe liefern die Energie, die der Körper benötigt, um seine täglichen Aufgaben zu erfüllen und aktiv zu bleiben. Sie sollten in einem ausgewogenen Verhältnis konsumiert werden, um die Gesundheit zu fördern und das Gewicht zu kontrollieren.

Kohlenhydrate: Sind die Hauptenergiequelle des Körpers und sollten hauptsächlich aus komplexen Kohlenhydraten wie Vollkornprodukten, Obst und Gemüse stammen.

Proteine: Sind Bausteine für Gewebe, Muskeln, Enzyme und Hormone. Sie sollten aus magerem Fleisch, Fisch, Hülsenfrüchten, Nüssen und Milchprodukten bezogen werden.

Fette: Sind wichtig für die Aufnahme fettlöslicher Vitamine, die Energiebereitstellung und die Struktur der Zellmembranen. Gesunde Fette sollten aus Nüssen, Samen, Avocados und pflanzlichen Ölen stammen.

Integration in die proteinreiche Ernährung

Eine proteinreiche Ernährung kann leicht um Mikro- und Makronährstoffe ergänzt werden, indem man:

Bunte Vielfalt: Wähle eine Vielzahl von Obst und Gemüse in verschiedenen Farben, um eine breite Palette an Vitaminen und Antioxidantien zu erhalten.

Nüsse und Samen: Fügen Sie Nüsse und Samen zu Salaten, Joghurt oder Smoothies hinzu, um zusätzliche Mineralstoffe und gesunde Fette zu erhalten.

Vollkornprodukte: Entscheiden Sie sich für Vollkornprodukte wie Vollkornbrot, braunen Reis und Quinoa, um wichtige Vitamine und Ballaststoffe zu erhalten.

Fettarme Proteine: Wählen Sie fettarme Proteinquellen wie Hähnchenbrust, Fisch und Magerquark, um den Proteingehalt zu erhöhen, ohne zu viele gesättigte Fette aufzunehmen.

Eine ausgewogene Ernährung, die reich an Mikro- und Makronährstoffen ist, unterstützt nicht nur die körperliche Gesundheit, sondern fördert auch das allgemeine Wohlbefinden und die Leistungsfähigkeit.

Durch die bewusste Auswahl und Kombination von Lebensmitteln kannst du sicherstellen, dass deine Ernährung alle erforderlichen Nährstoffe liefert, um deine Gesundheitsziele zu erreichen.

Einfach abnehmen ohne Diät & Sport

In diesem Abschnitt konzentrieren wir uns darauf, wie du auf einfache und nachhaltige Weise abnehmen kannst, ohne dich strengen Diäten zu unterwerfen oder intensiven Sport treiben zu müssen. Viele Menschen suchen nach einem Weg, Gewicht zu verlieren, der nicht nur effektiv ist, sondern auch langfristig durchzuhalten. Mit den richtigen Strategien und einer bewussten Ernährung kannst du diesen Weg beschreiten.

Abnehmen ohne Diät bedeutet, dass du dich nicht auf kurzfristige Einschränkungen fokussieren musst, die oft schwer einzuhalten sind und langfristig keinen Erfolg versprechen. Stattdessen geht es darum, gesunde Essgewohnheiten zu entwickeln und bewusste Entscheidungen zu treffen, die deine Gesundheit unterstützen. Dies beinhaltet die Auswahl von Lebensmitteln, die reich an Nährstoffen sind und dich lange sättigen, ohne viele Kalorien zu enthalten.

Ein weiterer Schlüssel zum erfolgreichen Gewichtsverlust ohne Sport liegt in der Veränderung deiner Essgewohnheiten und deines Lebensstils. Durch kleine, aber nachhaltige Anpassungen kannst du langfristige Ergebnisse erzielen. Dazu gehören regelmäßige Mahlzeiten zu festen Zeiten einzunehmen, genügend Wasser zu trinken, ausreichend zu schlafen und Stress zu minimieren. Diese Maßnahmen tragen dazu bei, den Stoffwechsel zu regulieren und das bei, den Stoffwechsel zu regulieren und das Hungergefühl zu kontrollieren.

In den folgenden Abschnitten werden wir detailliert darauf eingehen, wie du diese Prinzipien in die Praxis umsetzen kannst.

Wir werden uns auf einfache und gesunde Rezepte konzentrieren, die nicht nur köstlich sind, sondern auch dazu beitragen, deine Kalorienzufuhr zu reduzieren und gleichzeitig alle wichtigen Nährstoffe zu erhalten.

Du wirst lernen, wie du deine Mahlzeiten optimal planst, um Heißhungerattacken zu vermeiden und deinen Körper mit den richtigen Nährstoffen zu versorgen.

Indem wir uns auf eine ausgewogene Ernährung konzentrieren, die auf frischen Zutaten basiert und die richtige Mischung aus Proteinen, Kohlenhydraten, gesunden Fetten, Vitaminen und Mineralstoffen bietet, wirst du nicht nur abnehmen, sondern auch deine allgemeine Gesundheit verbessern. Wir laden dich ein, diesen Weg gemeinsam mit uns zu gehen und Schritt für Schritt deine Ziele zu erreichen.

Bleibe dran, denn im nächsten Abschnitt werden wir dir konkrete Rezepte und Ernährungspläne vorstellen, die dir helfen werden, einfach und effektiv Gewicht zu verlieren, ohne dass du auf Genuss verzichten musst.

Crashkurs: Die wichtigsten Infos auf einen Blick

In diesem Crashkurs, der nach den Rezepten folgen wird, möchten wir dir einen kompakten Überblick darüber geben, wie du effektiv Muskulatur aufbauen, erhalten und gleichzeitig Fettverbrennung fördern kannst. Nachdem wir uns durch die Rezepte gearbeitet haben, bieten wir dir hier zusätzliches Bonusmaterial an, das dir helfen wird, deine Fitnessziele auf optimale Weise zu erreichen.

Muskelaufbau und -erhalt

Der Aufbau und die Erhaltung von Muskelmasse sind entscheidend für eine gesunde und aktive Lebensweise. Muskeln sind nicht nur für die körperliche Leistungsfähigkeit wichtig, sondern auch für den Stoffwechsel und die Unterstützung eines gesunden Körpergewichts. Hier sind einige Schlüsselprinzipien für den Muskelaufbau:

Widerstandstraining: Regelmäßiges Krafttraining ist der effektivste Weg, um Muskeln aufzubauen. Durch gezieltes Training mit Gewichten oder dem eigenen Körpergewicht können Muskelfasern stimuliert und Wachstumsreize gesetzt werden.

Proteinreiche Ernährung: Proteine sind die Bausteine der Muskulatur. Eine ausreichende Proteinzufuhr ist notwendig, um Muskelmasse aufzubauen und zu erhalten. Wähle proteinreiche Lebensmittel wie mageres Fleisch, Fisch, Hülsenfrüchte, Nüsse und Milchprodukte.

Kalorienbilanz:

Um Muskeln aufzubauen, ist es wichtig, dass du deinem Körper ausreichend Energie zuführst. Eine leichte Kalorienüberschuss kann dabei helfen, Muskeln aufzubauen, während eine ausgewogene Ernährung sicherstellt, dass du gesund bleibst.

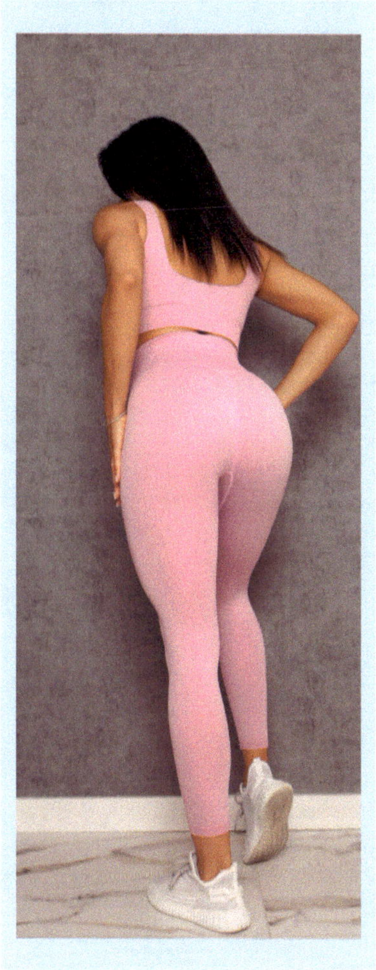

Fettverbrennung

Neben dem Muskelaufbau ist die Fettverbrennung ein weiterer wichtiger Aspekt für eine schlanke und definierte Körperform. Durch die richtige Kombination aus Ernährung und Bewegung kannst du deine Fettverbrennung effektiv fördern:

Ausdauertraining: Cardio-Training wie Laufen, Schwimmen oder Radfahren erhöht den Energieverbrauch und unterstützt die Fettverbrennung. Integriere regelmäßige Cardioeinheiten in deine Trainingsroutine.

High Intensity Interval Training (HIIT): HIIT-Workouts sind effektiv, um den Stoffwechsel anzukurbeln und die Fettverbrennung zu maximieren. Kurze, intensive Intervalle werden mit kurzen Erholungsphasen kombiniert.

Ernährungsoptimierung: Eine ausgewogene Ernährung mit einem moderaten Kaloriendefizit ist der Schlüssel zur Fettverbrennung. Wähle fettarme Proteine, komplexe Kohlenhydrate, gesunde Fette und viele Ballaststoffe, um den Stoffwechsel zu unterstützen.

Optimale Strategien für deine Fitnessziele

Um Muskelaufbau und Fettverbrennung effektiv zu kombinieren oder abwechselnd zu fördern, ist es wichtig, dass du deine Trainings- und Ernährungsstrategien individuell anpasst. Dieser Crashkurs wird dir helfen, die Grundlagen zu verstehen und praktische Tipps zu erhalten, die dir dabei helfen, deine Fitnessziele zu erreichen.

In den folgenden Abschnitten wirst du detaillierte Informationen und spezifische Übungen finden, die sowohl den Muskelaufbau als auch die Fettverbrennung unterstützen. Wir laden dich ein, diese wertvollen Ressourcen zu nutzen, um deine Fitnessreise auf das nächste Level zu bringen und langfristige Ergebnisse zu erzielen.

Bonus-Teil-Einführung: „Das, was du WIRKLICH brauchst zum Abnehmen & Muskelaufbau“

Herzlich willkommen zum Bonusteils unseres Programms, der dir noch mehr als nur Rezepte bieten wird. Hier erwarten dich große Überraschungen und wertvolle Inhalte, die deine Fitnessreise auf eine neue Ebene bringen werden. Bevor wir uns in die Tiefe stürzen, geben wir dir hier einen umfassenden Überblick über das, was dich erwartet.

Abnehmen und Muskelaufbau sind Ziele, die oft mit Missverständnissen und schnellen Lösungen verbunden sind. Doch echter Erfolg erfordert fundierte Kenntnisse und nachhaltige Strategien:

Einfachheit: Erfahre, warum eine ausgewogene Ernährung, regelmäßige Bewegung und ein gesunder Lebensstil entscheidend sind, um langfristig Gewicht zu verlieren und Muskeln aufzubauen.

Ernährungsumstellung: Entdecke, wie du deine Ernährung anpassen kannst, um deine Fitnessziele effektiv zu unterstützen, ohne auf Genuss zu verzichten.

Trainingsstrategien: Erfahre, wie du durch gezieltes Krafttraining und alltägliche Bewegungen deine Muskeln stärken und gleichzeitig deine Fettverbrennung maximieren kannst.

Was erwartet dich im Bonusteil?

Im nächsten Abschnitt warten detaillierte Anleitungen, spezifische Ernährungspläne und Übungen auf dich, die dir helfen werden, deine Ziele zu erreichen.

Von fortgeschrittenen Trainingsmethoden bis hin zu Ernährungstipps für optimale Ergebnisse – dieser Bonusteil ist dein Schlüssel zu einer nachhaltigen Veränderung.

Freue dich auf die Rezepte!

Bevor wir tiefer in die Materie eintauchen, kannst du dich zunächst einmal auf die Rezepte freuen.

Sie sind nicht nur schnell zuzubereiten mit einfachen Zutaten, sondern auch wirklich sehr, sehr lecker.

Diese köstlichen Mahlzeiten werden dir nicht nur dabei helfen, gesund zu essen, sondern auch deine Fitnessziele zu unterstützen. Bleib dran und lass dich von den vielfältigen Möglichkeiten überraschen, die wir für dich vorbereitet haben.

Es ist Zeit, deiner Fitnessreise einen neuen Schwung zu verleihen und deine persönlichen Ziele zu verwirklichen.

Wir sind hier, um dich auf jedem Schritt deines Weges zu unterstützen und sicherzustellen, dass du das Beste aus deiner Fitnessreise herausholst.

Frühstück

High Protein Kaiserschmarrn

37 g Protein

Portionen: 2

(pro Portion): Kalorien: 494 Protein: 37.3g

Kohlenhydrate: 28.49g Fett: 28.71g

- 3 Eier
- 30g Proteinpulver (Vanille)
- 100g Magerquark
- 50ml 0,1% - 0,3% Milch
- 40g Haferflocken
- 1 TL Backpulver
- 1 EL Zucker / Süßstoff nach Wahl
- 1 Prise Salz
- 1 EL Öl (z.B. Rapsöl)

1. Eier trennen: Eiweiß steif schlagen. Eigelb in eine separate Schüssel geben.

2. Teig mischen: Proteinpulver, Magerquark, Milch, Haferflocken, Backpulver, Zucker und Salz mit dem Eigelb verrühren.

3. Eischnee unterheben: Vorsichtig den steif geschlagenen Eischnee unter den Teig heben.

4. Braten: Öl in einer Pfanne erhitzen. Den Teig in die Pfanne geben und bei mittlerer Hitze goldbraun backen. Mit einem Pfannenwender in Stücke reißen und weiterbraten, bis der Kaiserschmarrn durchgebacken ist.

Power Tipp

Mit frischen Beeren oder einem Klecks Apfelmus servieren für zusätzlichen Geschmack und Nährstoffe!

VEGETARIAN

LOW CARB

Spiegelei mit Bacon

25 g Protein

Portionen: 2

(pro Portion): Kalorien: 339 Protein: 24.87g

Kohlenhydrate: 4.64g Fett: 23.98g

4 Eier
4 Scheiben Bacon
2 TL Öl (z.B. Rapsöl)
Salz und Pfeffer nach Geschmack

1. Bacon braten: Eine Pfanne auf mittlerer Hitze erhitzen und das Öl hinzufügen.

2. Die Bacon-Scheiben in die Pfanne legen und braten, bis sie knusprig sind.

3. Dann aus der Pfanne nehmen und auf Küchenpapier abtropfen lassen.

4. Eier braten: In derselben Pfanne die Eier aufschlagen und braten, bis das Eiweiß fest und das Eigelb noch leicht flüssig ist.

5. Mit Salz und Pfeffer würzen.

6. Servieren: Die Spiegeleier zusammen mit dem knusprigen Bacon anrichten.

LOW CARB

Power Porridge

20 g Protein

Portionen: 2

(pro Portion): Kalorien: 277 Protein: 20.55g

Kohlenhydrate: 46.38g Fett: 9.51g

100 g Haferflocken
400 ml Hafermilch
2 EL veganes Proteinpulver
Einige Blaubeeren (zum Garnieren)

1. Die Hafermilch in einem Topf zum Kochen bringen.

2. Haferflocken und das vegane Proteinpulver vermischen und zu der kochenden Milch hinzufügen, gut umrühren.

3. Bei mittlerer Hitze unter ständigem Rühren etwa 3-4 Minuten köcheln lassen, bis der Porridge die gewünschte Konsistenz erreicht hat.

4. Den Porridge auf zwei Schalen verteilen.

5. Mit den Blaubeeren garnieren und warm genießen.

Power Tipp

Füge etwas Mandel- oder Erdnussmuß hinzu,
für einen cremigeren Geschmack.

VEGAN

LOW CARB

Falscher Rührei

24.87 g Protein

Portionen: 2

(pro Portion): Kalorien: 339 Protein: 24.87g

Kohlenhydrate: 4.64g Fett: 23.98g

4 Eier
60g Räucherlachs
1 EL Milch
Salz und Pfeffer nach Geschmack
1 TL Olivenöl
Frische Petersilie (zum Garnieren)

1. Die Eier in einer Schüssel aufschlagen, Milch hinzufügen und gut verquirlen.

2. Mit Salz und Pfeffer würzen. Den Räucherlachs in kleine Stücke schneiden.

3. Eine Pfanne mit Olivenöl bei mittlerer Hitze erhitzen.

4. Die Eiermischung in die Pfanne geben und unter ständigem Rühren stocken lassen.

5. Den Räucherlachs hinzufügen, kurz mit anbraten und gut vermengen.

6. Das Rührei auf zwei Teller verteilen und mit frischer Petersilie garnieren.

Power Tipp

Runde das Gericht mit einer Scheibe Vollkornbrot oder frischen Tomatenscheiben ab.

LOW CARB

Frühstückssuppe

13.46g Protein

Portionen: 2

(pro Portion): Kalorien: 170 Protein: 13.46g

Kohlenhydrate: 9.88g Fett: 8.94g

200g Hüttenkäse
400ml Gemüsebrühe 1
100g Zucchini
1 EL Frischkäse Light
1 TL Olivenöl
Salz und Pfeffer nach Geschmack
Frische Kräuter (z.B. Petersilie zum Garnieren)

1. Die Gemüsebrühe in einem Topf zum Kochen bringen.

2. Zucchini klein schneiden und in der Brühe kurz garen.

3. Hüttenkäse und Frischkäse in die Brühe einrühren, gut vermischen und kurz erhitzen.

4. Die Suppe mit Salz und Pfeffer abschmecken.

5. In Suppenschalen füllen und mit frischen Kräutern garnieren.

Power Tipp

Füge einige geröstete Kürbiskerne hinzu, um der Suppe eine knusprige Textur und zusätzlichen Geschmack zu verleihen.

VEGETARIAN

LOW CARB

Frühstückssalat Greek-Style

13.18g Protein

Portionen: 2

(pro Portion): Kalorien: 349 Protein: 13.18g

Kohlenhydrate: 16.2g Fett: 26.93g

- 100g Römersalat
- 100g Gurke
- 100g Tomaten
- 50g Oliven (entsteint)
- 1 Kleine Zwiebel
- 150g Schafskäse
- 1 EL Olivenöl
- 1 EL Balsamico-Essig
- Salz und Pfeffer
- **Optional:** Ein paar Basilikum-Blätter

1. Gurke, Tomaten und Zwiebel in Scheiben schneiden.

2. Den Römersalat auf zwei Teller verteilen.

3. Schafskäse würfeln und zusammen mit den Gurkenscheiben, Tomatenscheiben, Zwiebel und Oliven auf dem Salat anrichten.

4. 1 EL Olivenöl und 1 EL Balsamico-Essig über den Salat träufeln.

5. Mit Salz und Pfeffer würzen und optional mit paar Blättern Basilikum servieren.

Power Tipp

Verfeinere den Salat mit ein paar gerösteten Pinienkernen für einen echten Gaumenschmauß.

Power Soup

3.02g Protein

Portionen: 2

(pro Portion): Kalorien: 2002 Protein: 3.02g

Kohlenhydrate: 13.42g Fett: 225.2g

1 Dose gemischte Bohnen (ca. 240g Abtropfgewicht)
1 Karotte
1 Handvoll Spinat
2 Tassen Gemüsebrühe
1 kleine Zwiebel
250g Tomaten (stückig, aus Dose)
1 EL Olivenöl
1 EL Balsamico-Essig
Salz und Pfeffer
Optional: Ein paar Petersilie Blätter

1. Olivenöl in einem Topf erhitzen. Zwiebel klein hacken und darin anbraten, bis diese weich sind.

2. Karotte hinzufügen und kurz mit anbraten. Gemüsebrühe und die Tomaten hinzufügen und zum Kochen bringen.

3. Hitze reduzieren und ca. 3 Minuten köcheln lassen, bis die Karotten weich sind.

4. Gemischte Bohnen und Spinat hinzufügen und gut umrühren.

5. Mit Salz und Pfeffer abschmecken. Hüttenkäse einrühren, bis dieser gleichmäßig verteilt ist und eine cremige Konsistenz annimmt.

6. Suppe in eine Schüsseln füllen, mit frischer Petersilie garnieren und servieren.

VEGAN

LOW CARB

Der Sattmacher (süß)

11.94g Protein

Portionen: 2

(pro Portion): Kalorien: 121   Protein: 11.94g

Kohlenhydrate: 11.24g   Fett: 3.49g

200 ml griechischer Joghurt (fettarm)
2 EL Chiasamen
1 TL Honig 50 ml Wasser
1 Handvoll frische Erdbeeren
Frische Minzblätter zum Garnieren

1. Chiasamen in 50 ml Wasser geben und für ca. 3 Minuten quellen lassen.

2. Den griechischen Joghurt in eine Schüssel geben und die gequollenen Chiasamen und den Honig unterrühren.

3. Die Mischung auf zwei Gläser oder Schüsseln verteilen. Erdbeeren in Scheiben schneiden und gleichmäßig auf die beiden Portionen verteilen.

4. Mit frischen Minzblättern garnieren. Servieren und genießen.

Power Tipp

Für zusätzliche Süße und Geschmack kannst du einen Spritzer Honig oder Ahornsirup hinzufügen.

VEGETARIAN

LOW CARB

Wusstest du schon?

Bei der Abnahme kommt es nicht darauf an, weniger zu essen, sondern **mehr zu essen, um satt zu werden** – allerdings mit **kalorienarmen Zutaten!**

Ein hervorragendes Beispiel sind **Wachsbrechbohnen**: Sie haben nur **23 kcal** pro 100 g! Das bedeutet, dass eine Dose mit ca. 455 g Abtropfgewicht nur etwa **100 kcal** enthält – **fast ein halbes Kilo Nahrung**!

Stell dir vor, du kannst dir ein ganzes großes Teller voll davon anrichten – **und das bei so gut wie keinen Kohlenhydraten**!

Wenn du diese Bohnen mit **körnigem Frischkäse Light** kombinierst (**ca. 150 kcal pro Packung**), hast du schon eine leckere und **sättigende Portion mit etwa 250 kcal**. Dazu noch ein paar frische Tomaten und Gurkenscheiben, und du hast einen
kleinen Sattmacher VOR der Hauptmahlzeit.

Power-Tipp:
Wenn du so eine Portion vor der Hauptmahlzeit isst, wirst du später so satt sein, dass Heißhungerattacken keine Chance mehr haben! Du kannst den ganzen Tag über dein Kaloriendefizit einhalten und es wird dir leichter fallen, deine Ziele langfristig zu erreichen.

Mittagessen

Garnelen Teller

24.68g Protein

Portionen: 2

(pro Portion): Kalorien: 365 Protein: 24.68g

Kohlenhydrate: 18.4g Fett: 23.27g

200 g Garnelen (küchenfertig)
1 EL Olivenöl
1 Knoblauchzehe
2 große Tomaten
1 Avocado
Salz und Pfeffer
Frische Kräuter zum Garnieren (z.B. Petersilie)

1. Das Olivenöl in einer Pfanne bei mittlerer Hitze erhitzen.

2. Den Knoblauch kleinhacken, hinzufügen und kurz anbraten, bis er sich entfaltet.

3. Die Garnelen in die Pfanne geben und etwa 2-3 Minuten braten, bis sie durchgegart sind. Mit Salz und Pfeffer würzen.

4. Die Tomaten und Avocado in Scheiben oder Würfel schneiden.

5. Avocado, Tomaten und Garnelen in Scheiben auf den Tellern anrichten und mit frischen Kräutern garnieren.

Power Tipp

Verfeinere das Gericht mit einigen Spritzern Balsamico oder Joghurtsauce.

LOW CARB

Protein Long Baguettes

158.09 g Protein

Portionen: 1

(pro Portion): Kalorien: 1818 Protein: 158.09 g

Kohlenhydrate: 23.61g Fett: 158.09g

2 Baguette (ca. 140 g)
200 g Hähnchenbrustfilet
1-2 Tomaten
100g Mozarella
4 EL Tomatensauce
(z.B. aus der Dose)
Ein paar Blätter frischer Rucola
Feine Gewürzkräuter
(z.B. Basilikum, Oregano, Thymian)

1. Baguette längs halbieren und auf ein Backblech legen.

2. Die Hähnchenbrustfilet in einer Pfanne mit etwas Öl bei mittlerer Hitze anbraten, bis sie durchgegart und goldbraun sind.

3. Die Baguettehälften mit jeweils 2 EL Tomatensauce bestreichen.

4. Die Gebratene Hähnchenbrustscheiben und Tomaten in Scheiben schneiden und auf den Baguetthälften verteilen.

5. Baguette im vorgeheizten Backofen bei 200°C (Umluft) für ca. 3-4 Minuten backen, bis der Mozzarella geschmolzen ist und das Baguette knusprig ist.

6. Baguette aus dem Ofen nehmen und mit frischem Rucola sowie feinen Gewürzkräutern garnieren.

LOW CARB

High Protein Brot

55.52 g Protein

Portionen: 2

(pro Portion): Kalorien: 721 Protein: 55.52g

Kohlenhydrate: 20.07g Fett: 47.59g

- 3 Eier
- 200g Magerquark
- 50g gemahlene Mandeln
- 50g Leinsamen
- 30g Proteinpulver (neutral oder Vanille)
- 1 TL Backpulver
- 1 Prise Salz
- 1 TL Apfelessig

1. Den Backofen auf 180°C vorheizen und eine kleine Kastenform mit Backpapier auslegen.

2. Eier in einer Schüssel verquirlen.

3. Magerquark, gemahlene Mandeln, Leinsamen, Proteinpulver, Backpulver, Salz und Apfelessig hinzufügen und gut vermischen.

4. Den Teig in die vorbereitete Kastenform füllen und glattstreichen.

5. Im vorgeheizten Ofen etwa 30-35 Minuten backen, bis das Brot goldbraun ist und ein Zahnstocher sauber herauskommt, wenn er in die Mitte gestochen wird.

6. Das Brot aus dem Ofen nehmen und vollständig abkühlen lassen, bevor es in Scheiben geschnitten und genossen wird.

VEGETARIAN

LOW CARB

High Protein Brötchen

60.52 g Protein

Portionen: 2 (ca. 4 Brötchen)
(pro Brötchen): Kalorien: 761 Protein: 60.52g
Kohlenhydrate: 22.27g Fett: 48.79g

- 3 Eier
- 200g Magerquark
- 50g Proteinpulver (neutral)
- 50g gemahlene Mandeln
- 50g Leinsamenmehl
- 1 TL Backpulver
- 1 Prise Salz
- 1 TL Apfelessig

1. Den Backofen auf 180°C vorheizen und ein Backblech mit Backpapier auslegen.

2. Eier in einer Schüssel verquirlen.

3. Magerquark, Proteinpulver, gemahlene Mandeln, Leinsamenmehl, Backpulver, Salz und Apfelessig hinzufügen und gut vermischen, bis ein glatter Teig entsteht.

4. Den Teig in vier gleich große Portionen teilen und zu Brötchen formen.

5. Die Brötchen auf das vorbereitete Backblech legen und im vorgeheizten Ofen etwa 25-30 Minuten backen, bis sie goldbraun sind und sich fest anfühlen.

6. Die Brötchen aus dem Ofen nehmen und auf einem Gitterrost abkühlen lassen.

Protein Pasta (vegan)

32.49 g
Protein

Portionen: 2

(pro Portion): Kalorien: 715 Protein: 32.49g

Kohlenhydrate: 123.47g Fett: 9.43g

200 g Kichererbsen-Nudeln (z.B. Fusilli)
200 g Kichererbsen (aus der Dose)
400 ml Tomatensauce (aus der Packung)
Salz und Pfeffer nach Geschmack
Frische Basilikumblätter zum Garnieren
Optional: veganer Parmesan oder veganer Käse zum Bestreuen

1. Die Kichererbsen-Nudeln nach Packungsanweisung in kochendem Salzwasser al dente kochen.

2. In der Zwischenzeit die Kichererbsen mit etwas Kichererbsen-Wasser in einer Pfanne bei voller Hitze erwärmen und die Tomatensauße hinzufügen. Nach dem aufkochen bei mittlerer Hitze köcheln lassen.

3. Die abgegossenen Kichererbsen-Nudeln zur Tomatensauce geben und gut vermischen, bis die Nudeln gleichmäßig mit der Sauce überzogen sind.

4. Die warme Pasta auf zwei Teller verteilen.

5. Mit frischen Basilikumblättern garnieren und nach Belieben mit Salz und Pfeffer würzen.

6. Optional mit veganem Parmesan oder veganem Käse bestreuen.

VEGAN

Protein Wraps

73.89 g Protein

Portionen: 1

(pro Portion): Kalorien: 1173 Protein: 73.89g

Kohlenhydrate: 79.04g Fett: 65.66g

Wraps (z.B. Tortillas)
200g Hähnchenbrustfilet
1 Avocado
1 Paprika
1 Lauchzwiebel
50g Salat (z.B. Eisberg)
2 EL griechischer Joghurt
1 TL Zitronensaft Salz und Pfeffer
1 TL Olivenöl

1. Die Hähnchenbrustfilet in Streifen schneiden und in einer Pfanne mit Olivenöl anbraten, bis es durchgegart ist. Mit Salz und Pfeffer würzen.

2. Avocado in Scheiben schneiden. Paprika und Lauchzwiebel in dünne Streifen schneiden.

3. Die Wraps mit griechischem Joghurt bestreichen und mit Zitronensaft beträufeln.

4. Salat, Hähnchenbruststreifen, Avocado, Paprika und Lauchzwiebel gleichmäßig auf den Wraps verteilen.

5. Die Wraps fest einrollen und in der Mitte durchschneiden.

6. Servieren & genießen!

Eiweiß Burger

23.9 g Protei

Portionen: 2

(pro Portion): Kalorien: 474 Protein: 23.9g

Kohlenhydrate: 7.78g Fett: 38.55g

2 Protein Toasts
200g Rinderhack light
2 Scheiben fettarmer Käse
1 kleine Zwiebel 1 Tomate
Einige Blätter Eisbergsalat
Senf und fettreduzierte

Salz und Pfeffer
Olivenöl zum Braten

1. Portobello-Pilzkappen leicht mit Olivenöl besprühen, salzen und pfeffern. In einer Pfanne anbraten, bis sie weich sind. Dann beiseite stellen.

2. Hackfleisch in zwei Portionen teilen, zu Patties formen, salzen und pfeffern. In derselben Pfanne 3-4 Minuten pro Seite braten.

3. Jeweils eine Scheibe fettarmen Käse auf die Patties darauflegen und schmelzen lassen.

4. Während die Patties braten, rote Zwiebel und Tomate in dünne Scheiben schneiden.

5. Gebratene Portobello-Pilzkappen als Burger-Boden verwenden, nach Belieben mit Senf und fettreduzierter Mayonnaise bestreichen.

6. Burger-Patties mit Käse auf die Pilzkappen legen. Mit Zwiebel-, Tomatenscheiben und Salat oder Rucola belegen.

7. Obere Pilzkappen als Deckel auf die Burger legen und servieren.

High Protein Lahmacun

66.04 g Protein

Portionen: 1

(pro Portion): Kalorien: 1339 Protein: 66.04g

Kohlenhydrate: 72.74g Fett:88.23g

250g mageres Rinderhack
1 Zwiebel
2 Knoblauchzehen
1 Paprika
1 Tomate
2 EL Tomatenmark
1 TL Paprikapulver
1 TL Kreuzkümmel
Salz und Pfeffer nach Geschmack
1 Wraps (z.B. Tortillas)

1. Den Backofen auf 200°C vorheizen und ein Backblech mit Backpapier auslegen.

2. Zwiebel, Knoblauch, Paprika und Tomate fein hacken.

3. In einer Pfanne das Hackfleisch anbraten.

4. Zwiebel, Knoblauch, Paprika und Tomate hinzufügen und weiterbraten, bis das Gemüse weich ist.

5. Tomatenmark, Paprikapulver, Kreuzkümmel, Salz und Pfeffer in die Pfanne geben und gut vermengen.

6. Die Mischung einige Minuten köcheln lassen, bis sie leicht eingedickt ist.

7. Die Wraps auf das vorbereitete Backblech legen und die Hackfleischmischung gleichmäßig darauf verteilen.

8. Die Lahmacun im vorgeheizten Backofen ca. 10 Minuten backen, bis die Wraps knusprig sind.

9. Aus dem Ofen nehmen und servieren.

Linsensuppe Proteina

24.36 g Protein

Portionen: 2

(pro Portion): Kalorien: 4143 Protein: 24.36g

Kohlenhydrate: 69.98g Fett: 438.28g

1 Tasse rote Linsen
1 kleine Zwiebel
1 Karotte
2 Knoblauchzehen
4 Tassen Gemüsebrühe
1 TL Kurkuma
Salz und Pfeffer
Frische Petersilie zum Garnieren

1. Zwiebel und Knoblauch fein hacken. Karotte in kleine Würfel schneiden.

2. In einem großen Topf etwas Öl erhitzen und Zwiebel und Knoblauch kurz anbraten.

3. Karottenwürfel hinzufügen und 2-3 Minuten mitbraten.

4. Rote Linsen, Gemüsebrühe und Kurkuma dazugeben. Gut umrühren.

5. Zum Kochen bringen und bei mittlerer Hitze köcheln lassen, bis die Linsen weich sind.

6. Bei Belieben: Die Suppe mit einem Stabmixer pürieren, bis sie glatt ist.

7. Mit Salz und Pfeffer abschmecken.

8. Optional: Mit frischer Petersilie garnieren und servieren.

VEGAN

Low Carb Pita

16.69 g Protein

Portionen: 2

(pro Portion): Kalorien: 303 Protein: 16.69g

Kohlenhydrate: 11.06g Fett: 22.77g

- 4 große Eiweiße
- 100g griechischer Joghurt
- 70g Mandelmehl
- 1 TL Backpulver
- 1/2 TL Salz
- 1 TL Olivenöl

1. Den Backofen auf 180°C vorheizen und ein Backblech mit Backpapier auslegen.

2. In einer Schüssel die Eiweiße steif schlagen.

3. In einer separaten Schüssel den griechischen Joghurt, Mandelmehl, Backpulver und Salz gut vermengen.

4. Die Joghurt-Mischung vorsichtig unter die steif geschlagenen Eiweiße heben, bis eine gleichmäßige Masse entsteht.

5. Den Teig in zwei Portionen aufteilen und jede Portion zu einem flachen Pita-Fladen formen.

6. Die Fladen auf das vorbereitete Backblech legen und mit Olivenöl bestreichen.

7. Im vorgeheizten Backofen ca. 15-20 Minuten backen, bis die Pita-Fladen goldbraun sind.

8. Aus dem Ofen nehmen und abkühlen lassen, bevor sie serviert oder gefüllt werden.

VEGETARIAN

Wusstest du schon?

Wir machen tagtäglich mindestens 10.000 Schritte unbewusst. Das bedeutet, dass wir ganz nebenbei circa **400 Kalorien verbrennen – ohne es zu merken!** Natürlich gibt es individuelle Unterschiede: Jeder Mensch geht unterschiedlich schnell, und je höher das Tempo, desto mehr Kalorien werden verbrannt.

Hast du schon eine Schrittzähler-App?
Falls ja, ist das super! Falls nicht, solltest du unbedingt eine kostenlose herunterladen. Allerdings solltest du wissen, dass die meisten Apps **deine Schritte nur durchschnittlich berechnen**. Besonders wenn du beispielsweise im Supermarkt arbeitest und dort sehr schnell unterwegs bist, kann dein Schrittverbrauch mit einem **Faktor von 1,2 - 1,5 oder sogar 1,8 berechnet werden. Das bedeutet, dass du sehr wahrscheinlich viel mehr Kalorien verbrennst, als du denkst!**

Power-Tipp:
Wenn du nach diesen 10.000 Schritten, die du ohnehin unbewusst machst, **noch einmal 10.000 zusätzliche Schritte gehst** – zum Beispiel durch einen Spaziergang – kannst du dein Kaloriendefizit noch weiter steigern.

Ein gemütlicher Spaziergang von etwa eineinhalb Stunden reicht schon aus, um nahezu 1.000 Kalorien zusätzlich zu verbrennen! Natürlich sind all diese Zahlen nur Richtwerte.

Dein täglicher Kalorienverbrauch hängt von vielen Faktoren ab, wie deinem Gewicht, deiner Körpergröße und deinem individuellen Geh-Tempo.

Dennoch kann das bewusste Erhöhen deiner Schrittzahl ein einfacher und effektiver Weg sein, **um Fett zu verbrennen – und das ganz ohne extra Sport!** Vielleicht kannst du es ja einfach in deinen Alltag einbauen?

Meal Prep

Hähnchen-Gemüse-Pfännchen

32.81 g Protein

Portionen: 2
(pro Portion): Kalorien: 409 Protein: 32.81g
Kohlenhydrate: 7.52g Fett: 7.52g

300 g Hähnchenbrustfilet
2 Paprika
1 Knoblauchzehe
2 EL Olivenöl
Salz und Pfeffer
Frische Kräuter o. Gewürze (z.B. Rosmarin, Thymian; nach Bedarf)

1. Die Paprika in große Stücke und die Knoblauchzehe fein hacken.

2.Hähnchenbrust mit Salz und Pfeffer würzen.

3. Olivenöl in einer Pfanne erhitzen und das Hähnchen zusammen mit Knoblauch anbraten, bis es beinahe durchgegart ist (ca. 3-4 Minuten).

4. Paprika hinzufügen und weitere 2-3 Minuten braten, bis alles gut durchgegart ist.

5. Mit frischen Kräutern bestreuen und vom Herd nehmen.

6. Alles gleichmäßig in zwei Meal Prep Behälter verteilen.

Power Tipp

Runde das Gericht mit etwas Tzaziki light ab!

High Protein - Chili con Carne

26.97 g Protein

Portionen: 2

(pro Portion): Kalorien: 667 Protein: 26.97g

Kohlenhydrate: 24.67g Fett: 51.71g

300g Rinderhackfleisch
1 Dose Kidneybohnen (abgetropft)
200g passierte Tomaten
1 Zwiebel
1 grüne oder rote Paprika
1 TL Olivenöl
1 TL Chilipulver
Salz und Pfeffer

1. Zwiebeln und Paprika klein hacken und in einer Pfanne mit Olivenöl anbraten.

2. Rinderhackfleisch dazugeben und bei mittlerer Hitze etwa 4-5 Minuten braten, bis es durch ist.

3.Kidneybohnen und passierte Tomaten hinzufügen, mit Chilipulver, Salz und Pfeffer würzen und 5 Minuten köcheln lassen.

4. In Meal-Prep-Behälter aufteilen und kühl stellen.

Power Tipp

Runde das Gericht mit einer Scheibe Vollkornbrot ab.

LOW CARB

Veggie Bowl

9.65 g
Protein

Portionen: 1

(pro Portion): Kalorien: 458 Protein: 9.65g

Kohlenhydrate: 23.82g Fett: 38.09g

ca. 100g Kichererbsen (abgetropft)
ca. 100g Bohnen nach Wahl (abgetropft)
150g Cherrytomaten
50g Feta-Käse (vegan)
2 EL frische Petersilie
1 Zitrone (Saft davon)
2 EL Olivenöl
Salz und Pfeffer nach Geschmack

1. Kichererbsen und schwarze Bohnen in ein Sieb geben, abspülen und abtropfen lassen.

2. Cherrytomaten halbieren, rote Zwiebel fein hacken und Petersilie hacken.

3. In einer großen Schüssel Kichererbsen, schwarze Bohnen, Cherrytomaten, gehackte rote Zwiebel und Petersilie vermischen.

4. Den Saft der Zitrone und das Olivenöl über den Salat geben.

5. Mit Salz und Pfeffer abschmecken und gut vermengen.

6. Den Feta-Käse zerbröseln und über den Salat streuen.

7. Den Salat gut vermischen und in zwei Behälter aufteilen.

Hähnchen-Krautsalat

23.12 g Protein

Portionen: 2

(pro Portion): Kalorien: 228 Protein: 23.12g

Kohlenhydrate: 12.64g Fett: 9.61g

200g Hähnchenbrust
100g Rotkohl
100g Weißkohl
1 Karotte
1 EL Apfelessig
1 TL Senf
Salz und Pfeffer nach Geschmack
Optional: Frische Basilikumblätter zum Garnieren

1. Die Hähnchenbrust kochen und in Scheiben schneiden.

2. Rotkohl und Weißkohl fein schneiden. Die Karotte raspeln.

3. Rotkohl, Weißkohl und geraspelte Karotte in eine Schüssel geben und gut vermengen.

4. Apfelessig und Senf in einer kleinen Schüssel mischen. Mit Salz und Pfeffer abschmecken.

5. Die Essig-Senf-Mischung über den Kohl-Karotten-Mix geben und gut vermengen.

6. In zwei Meal Prep-Behälter je eine Hälfte des Krautsalats füllen.

7. Die geschnittene Hähnchenbrust gleichmäßig auf die beiden Behälter verteilen, neben den Salat legen.

8. Bei Bedarf mit frischen Basilikumblättern garnieren und in zwei Behälter aufteilen.

VEGETARIAN VEGETARIAN

LOW CARB

Protein Salat

11.23 g Protein

Portionen: 2

(pro Portion): Kalorien: 185 Protein: 11.23g

Kohlenhydrate: 13.67g Fett: 10g

2 Eier
100g Rotkohl
100g Weißkohl
1 Karotte
1 EL Apfelessig
1 TL Senf
Salz und Pfeffer nach Geschmack

Optional: Frische Koriander-blätter zum Garnieren

1. Die Eier hart kochen, schälen und halbieren.

2. Die Avocado schälen, entkernen und in Würfel schneiden, die Kirschtomaten halbieren.

3. Die rote Zwiebel in dünne Scheiben schneiden.

4. Den Thunfisch abtropfen lassen.

5. In einer Schüssel die Avocado, Kirschtomaten, rote Zwiebel und den abgetropften Thunfisch vermengen.

6. Olivenöl und Zitronensaft über den Salat geben, gut durchmischen, mit Salz und Pfeffer abschmecken.

7. Den Salat gleichmäßig auf zwei Meal Prep-Behälter verteilen.

8. Jeweils ein halbes hartgekochtes Ei auf jeden Salat legen und optional mit frischen Korianderblättern garnieren.

VEGETARIAN VEGETARIAN

LOW CARB

Garnelen-Zucchini-Salat

14.82 g Protein

Portionen: 2
(pro Portion): Kalorien: 151 Protein: 14.82g
Kohlenhydrate: 4.57g Fett: 8.19g

200g große Garnelen (King Prawns)
2 mittelgroße Zucchini
1 EL Olivenöl
1 TL Zitronensaft
1 Knoblauchzehe
1 EL griechischer Joghurt
1 TL Senf
Salz und Pfeffer nach Geschmack

Optional: Frische Kräuter (z.B. Petersilie oder Koriander)

1. Zucchini in dünne Scheiben schneiden oder mit einem Spiralschneider in Spaghetti-Form bringen. Knoblauch klein hacken und zur Seite stellen.

2. Pfanne bei mittelhoher Hitze erhitzen, Garnelen ca. 2-3 Minuten pro Seite braten, bis sie rosa und durchgegart sind.

3. Garnelen aus der Pfanne nehmen und warm halten.

4. In derselben Pfanne eventuell etwas mehr Öl hinzufügen, Zucchinis 2-3 Minuten anbraten, bis sie leicht weich, aber noch bissfest sind.

5. In einer kleinen Schüssel griechischen Joghurt, 1 TL Zitronensaft, 1 TL Senf und dem gehackten Knoblauch vermengen. Mit Salz und Pfeffer abschmecken.

6. Salat anrichten: Zucchini auf zwei Meal Prep-Behälter verteilen, Garnelen darauf legen, mit Zitronensauce beträufeln und bei Bedarf mit frischen Kräutern garnieren.

VEGETARIAN VEGETARIAN

LOW CARB

Wusstest du schon?

Musik – Der unterschätzte Gamechanger für deine Erfolge!

Wusstest du, dass Musik einen enormen Einfluss auf deine Leistung hat? Klar, du hörst bestimmt schon Musik beim Training oder unterwegs – aber die richtige Musik kann alles verändern!

Warum Musik dein Training auf das nächste Level hebt:

Motivation & Power – Beim Krafttraining brauchst du Beats, die dich antreiben. Die richtige Musik kann deine Energie steigern, deine Leistung pushen und dir helfen, mehr Gewicht zu bewegen!

Rhythmus & Ausdauer – Beim Joggen oder Schritte zählen sind gleichmäßige, treibende Sounds entscheidend. Sie helfen dir, im Flow zu bleiben und länger durchzuhalten.

Emotionen & Fokus – Deine Playlist sollte zu deinem Ziel passen! Die Musik, die dich emotional anspricht, sorgt für den extra Kick – ob beim Training oder zur Entspannung.

Power-Tipp:

Hörst du wirklich noch hin? Liebst du deine Playlist noch oder läuft sie schon einfach nur im Hintergrund? Manchmal hören wir eine Playlist so oft, dass sie ihre Wirkung verliert. Teste mal neue Tracks oder Genres – du wirst überrascht sein, welchen Unterschied es macht! Willst du mehr solcher Tipps? Lass es mich wissen – ich teile gerne weitere Insider-Tricks mit dir!

Desserts

High Protein Crepes

21.92 g Protein

Portionen: 2

(pro Portion): Kalorien: 292 Protein: 21.92g

Kohlenhydrate: 10.87g Fett: 17.75g

2 Eier
50g Proteinpulver (Vanille)
100ml Milch 0,1% - 0,3% (oder 1,5% im Notfall)
1 TL Kokosöl
1 Prise Salz
1 TL Honig (optional)

1. Die Eier in eine Schüssel geben und gut verquirlen.

2. Proteinpulver, Milch und Salz zu den Eiern hinzufügen und zu einem glatten Teig verrühren.

3. Eine Pfanne auf mittlerer Hitze erhitzen und das Kokosöl darin schmelzen.

4. Eine kleine Menge Teig in die Pfanne geben und durch Schwenken der Pfanne dünn verteilen.

5. Den Crêpe ca. 1-2 Minuten backen, bis die Unterseite goldbraun ist.

6. Dann wenden und die andere Seite ebenfalls 1-2 Minuten backen.

7. Wiederholen, bis der gesamte Teig aufgebraucht ist. Die Crêpes mit Honig beträufeln (optional) und servieren.

VEGETARIAN VEGETARIAN

LOW CARB

High Protein Pfannkuchen

38.6 g Protein

Portionen: 2

(pro Portion): Kalorien: 399 Protein: 38.6g

Kohlenhydrate: 8.52g Fett: 22.89g

2 Eier
50g Proteinpulver (Vanille)
100g Magerquark
50ml Milch 0,1% - 0,3%
(oder pflanzliche Milch)
1 TL Backpulver
1 TL Kokosöl
1 Prise Salz
Optional: Frische Beeren nach Wahl, zum Garnieren

1. Die Eier in einer Schüssel gut verquirlen.

2. Proteinpulver, Magerquark, Milch, Backpulver und Salz zu den Eiern hinzufügen und zu einem glatten Teig verrühren.

3. Eine Pfanne auf mittlerer Hitze erhitzen und das Kokosöl darin schmelzen.

4. Eine kleine Menge Teig in die Pfanne geben und durch Schwenken der Pfanne gleichmäßig verteilen.

5. Den Pfannkuchen ca. 2-3 Minuten backen, bis die Unterseite goldbraun ist.

6. Dann wenden und die andere Seite ebenfalls 2-3 Minuten backen.

7. Wiederholen, bis der gesamte Teig aufgebraucht ist.

8. Bei Bedarf: Pfannkuchen mit frischen Beeren garnieren.

VEGETARIAN VEGETARIAN

LOW CARB

Protein Spaghetti Eis

33.91 g Protein

Portionen: 2

(pro Portion): Kalorien: 351 Protein: 33.91g

Kohlenhydrate: 31.9g Fett: 10.35g

200g Magerquark
30g Vanille-Proteinpulver
100ml Milch nach Wahl (Ideal: 0,3%)
150g gefrorene Banane
100g gefrorene Erdbeeren
1 TL Honig (optional)
10g Kokosraspeln

1. Die gefrorenen Bananen in einem Mixer zu einer cremigen Masse verarbeiten.

2. Diese Masse durch eine Spätzlepresse oder einen Spritzbeutel mit großer Tülle auf zwei Tellern verteilen, um Spaghetti-ähnliche Streifen zu formen.

3. Die gefrorenen Erdbeeren pürieren. Optional mit Honig süßen.

4. Das Erdbeerpüree über die Bananen-Spaghetti geben.

5. Die Kokosraspeln über das Erdbeerpüree streuen.

Power Tipp

Statt Kokosraspeln kannst du auch Schokolade (mind 70% Kakaoanteil) über das Eis rapseln.

VEGETARIAN

LOW CARB

Power-Obstteller

14.34g Protein

Portionen: 2

(pro Portion): Kalorien: 342 Protein: 14.34g

Kohlenhydrate: 59.27g Fett: 7.21g

- 200g griechischer Joghurt
- 40g Vanille-Proteinpulver
- 1 Apfel
- 2 Pfirsiche
- 100g Beeren oder Obst-Mix (z.B., TK, aufgetaut)
- 1 TL Honig (optional)
- 1 Prise Zimt (optional)

1. Den griechischen Joghurt mit dem Proteinpulver in einer Schüssel glatt rühren.

2. Den Apfel und die Pfirsiche klein schneiden. Mit dem Beeren- / Obst-Mix vermischen.

3. Den Joghurt auf zwei Tellern verteilen und das Obst darauf anrichten.

4. Optional mit einer Prise Zimt besteuben und etwas Honig beträufeln.

Power Tipp

Verfeinere deinen Power-Obstteller mit einem Spritzer frischen Zitronensaft für einen extra Frischekick.

VEGETARIAN

LOW CARB

Protein - Waffeln

37.39 g Protein

Portionen: 2

(pro Portion): Kalorien: 441 Protein: 37.39g

Kohlenhydrate: 28.24g Fett: 22.97g

2 Eier
50g Proteinpulver (Vanille)
100g Magerquark
50ml Milch nach Wahl
40g Haferflocken
1 TL Backpulver
1 TL Kokosöl (für Waffeleisen)
1 Prise Salz
1 TL Zimt (optional)
Optional: Ein paar Blaubeeren & 1 TL Puderzucker zum Garnieren

1. Die Eier in einer Schüssel verquirlen.

2. Proteinpulver, Magerquark, Milch, Haferflocken, Backpulver, Salz und optional Zimt hinzufügen und gut verrühren, bis ein glatter Teig entsteht.

3. Das Waffeleisen vorheizen und mit dem Kokosöl einfetten.

4. Den Teig in das vorgeheizte Waffeleisen geben und goldbraun backen.

5. Die Waffeln auf einem Teller anrichten und bei Belieben mit Blaubeeren und etwas Puderzucker garnieren.

Power Tipp

Verfeinere die Waffeln mit etwas Honig oder einem Klecks Erdnussbutter.

VEGETARIAN

LOW CARB

Falscher Milchreis

11.15g Protein

Portionen: 2

(pro Portion): Kalorien: 125 Protein: 11.15g

Kohlenhydrate: 10.86g Fett: 4.31g

200 g körniger Frischkäse
1-2 EL Süßstoff flüssgig oder Süßungsmittel nach Wahl
1/2 TL Zimt (optional)
1 TL Vanillezucker oder ein paar Tropfen Vanilleextrakt

1. Frischkäse vorbereiten: Gib den körnigen Frischkäse in eine Schüssel.

2. Süßen: Füge den Zucker oder Süßungsmittel, den Vanillezucker oder Vanilleextrakt und den Zimt hinzu.

3. Vermischen: Rühre alles gut um, bis der Frischkäse gleichmäßig gesüßt ist.

4. Servieren: Gib den falschen Milchreis in eine Schale und garniere ihn mit frischem Obst oder Kompott nach Wahl.

Power Tipp

Dieses Rezept ist eine schnelle und proteinreiche Alternative zum klassischen Milchreis.

VEGETARIAN

LOW CARB

Protein Gebäck

23.07 g Protein

Portionen: 2

(pro Portion): Kalorien: 613 Protein: 23.07g

Kohlenhydrate: 26.33g Fett: 49.07g

100g Mandelmehl
30g Proteinpulver
(Schoko oder Vanille)
2 EL Kokosöl, geschmolzen
2 EL Honig oder Agavensirup
1 Ei 1
TL Backpulver
1 Prise Salz
Optional: 1 EL gehackte Nüsse

1. Den Backofen auf 180°C vorheizen und ein Backblech mit Backpapier auslegen.

2. In einer großen Schüssel Mandelmehl, Proteinpulver, geschmolzenes Kokosöl, Honig oder Agavensirup, Ei, Backpulver und Salz vermischen, bis ein Teig entsteht.

3. Optional Nüsse unter den Teig mischen. Den Teig zu kleinen Kugeln formen und auf das vorbereitete Backblech legen. Mit einer Gabel leicht platt drücken.

4. Das Gebäck im vorgeheizten Ofen ca. 10-12 Minuten backen, bis es goldbraun ist.

5. Aus dem Ofen nehmen und auf einem Kuchengitter vollständig abkühlen lassen.

Protein Schoko-Bons

3.84 g Protein

Portionen: 12 Schoko-Bons
(pro Schoko-Bon): Kalorien: 102 Protein: 3.84g
Kohlenhydrate: 4.39g Fett: 8.18g

100g Mandelmehl
30g Proteinpulver
(Schoko oder Vanille)
2 EL Kokosöl, geschmolzen
2 EL Honig oder Agavensirup

1 Ei 1
TL Backpulver
1 Prise Salz

Optional: 1 EL gehackte Nüsse

1. Haferflocken in einem Mixer oder einer Küchenmaschine fein mahlen, bis sie eine mehlige Konsistenz haben.

2. In einer Schüssel Hafermehl, Schoko-Proteinpulver, Erdnussbutter, Honig oder Ahornsirup, Kakaopulver und Salz vermischen. Nach und nach Milch hinzufügen, bis der Teig formbar wird.

3. Gegebenenfalls geschmolzenes Kokosöl hinzufügen, um die Konsistenz zu verbessern.

4. Kleine Bällchen aus der Teigmasse formen und auf ein mit Backpapier ausgelegtes Tablett legen.

5. Optional: Die Schoko-Bons können sofort genossen werden oder für 10-15 Minuten in den Kühlschrank stellen, um sie etwas fester werden zu lassen.

VEGETARIAN

LOW CARB

Protein Müsliriegel

6.74 g
Protein

Portionen: 6 Riegel
(pro Riegel): Kalorien: 135 Protein: 6.74g
Kohlenhydrate: 19.29g Fett: 6.45g

100g Haferflocken
50g Proteinpulver
(Vanille oder Schokolade)
3 EL Honig oder Ahornsirup
2 EL Mandelmus
oder 2 EL Erdnussbutter
Eine Prise Salz

1. Eine rechteckige Backform mit Backpapier auslegen und leicht einfetten.

2. Haferflocken und Proteinpulver in einer Schüssel vermischen.

3. Honig oder Ahornsirup, Mandelmus oder Erdnussbutter und eine Prise Salz in einem kleinen Topf bei niedriger Hitze erwärmen, bis alles gut vermischt und flüssig ist.

4. Die flüssige Mischung über die trockenen Zutaten gießen und gut vermengen, bis alle Zutaten gleichmäßig benetzt sind.

5. Die Mischung in die vorbereitete Backform geben und gleichmäßig festdrücken, damit die Riegel zusammenhalten.

6. Die Form für mindestens 2 Stunden in den Kühlschrank stellen, bis die Müsliriegel fest sind.

7. Die fest gewordenen Müsliriegel aus der Form nehmen und in gleichmäßige Riegel schneiden.

Protein Schokolade

5.47 g Protein

Portionen: 2

(pro Portion): Kalorien: 356 Protein: 5.47g

Kohlenhydrate: 30.23g Fett: 24.06g

100g dunkle Schokolade (mind. 70% Kakaoanteil)
50g Proteinpulver (Geschmack nach Wahl, z.B. Schokolade oder Vanille)

Optional: 1-2 EL gehackte Nüsse oder getrocknete Früchte

1. Die dunkle Schokolade über einem Wasserbad schmelzen, bis sie komplett geschmolzen und glatt ist.

2. Das Proteinpulver unter die geschmolzene Schokolade rühren, bis es gleichmäßig verteilt ist.

3. Optional: Gehackte Nüsse oder getrocknete Früchte unterrühren, um der Schokolade zusätzliche Textur und Geschmack zu verleihen.

4. Die Schokoladenmasse in eine flache Form oder eine mit Backpapier ausgelegte Backform gießen und glatt streichen.

5. Für mindestens 1 Stunde im Kühlschrank oder 30 Minuten im Gefrierschrank fest werden lassen, bis die Schokolade fest ist.

6. Die feste Schokolade in Stücke brechen oder schneiden und genießen!

VEGETARIAN

LOW CARB

Protein Tiramisu

31.34g Protein

Portionen: 2

(pro Portion): Kalorien: 746 Protein: 31.34g

Kohlenhydrate: 59.28g Fett: 42.46g

125g Magerquark
125g Mascarpone
2 Eier
40g Zuckerersatz (z.B. Erythrit oder Stevia)
100ml Kaffee
100g Löffelbiskuit
Kakao zum Bestäuben

1. Kaffee zubereiten, zur Seite stellen und abkühlassen.

2. Eier trennen. Eigelb mit Zuckerersatz schaumig schlagen.

3. Mascarpone und Magerquark zum Eigelb hinzufügen und gut vermischen.

4. Eiweiß steif schlagen und vorsichtig unter die Mascarpone-Masse heben.

5. Löffelbiskuit in den abgekühlten Kaffee tauchen und eine Schicht in eine Schale oder zwei Gläser legen.

6. Die Hälfte der Mascarpone-Masse über die Löffelbiskuit-Schicht geben.

7. Eine weitere Schicht getränkten Löffelbiskuit darauf legen und mit der restlichen Mascarpone-Masse bedecken.

8. Mit Kakao bestäuben und für mindestens 1 Stunde im Kühlschrank kalt stellen, damit das Tiramisu fest wird.

VEGETARIAN

LOW CARB

Kokos Protein Bällchen

2.41 g Protein

Portionen: ca 12 Bällchen

(pro Bällchen): Kalorien: 78 Protein: 2.41g

Kohlenhydrate: 4.73g Fett: 5.83g

- 60g Mandelmehl
- 30g Vanille-Proteinpulver
- 50g Kokosraspeln (ungesüßt)
- 2 EL Kokosöl (geschmolzen)
- 2 EL Honig oder Ahornsirup
- 1/2 TL Vanilleextrakt
- Eine Prise Salz
- 2-3 EL Kokosmilch (nach Bedarf)
- Kokosraspeln zum Wälzen

1. In einer Schüssel Mandelmehl, Vanille-Proteinpulver, Kokosraspeln, Kokosöl, Honig oder Ahornsirup, Vanilleextrakt und eine Prise Salz vermischen.

2. Nach und nach Kokosmilch hinzufügen, bis die Mischung gut zusammenhält und formbar ist.

3. Die Mischung zu kleinen Bällchen formen und in Kokosraspeln wälzen, um sie zu bedecken.

4. Die Kokos-Proteinbällchen für mindestens 30 Minuten in den Kühlschrank stellen, damit sie fest werden.

5. Die Bällchen kühl aufbewahren und genießen!

VEGETARIAN

LOW CARB

Premium Nuss - Protein Riegel

10.83 g Protein

Portionen: 8 Riegel

(pro Riegel): Kalorien: 173 Protein: 10.83g

Kohlenhydrate: 13.52g Fett: 8.65g

150g Proteinpulver (Geschmack nach Wahl)
50g Hafermehl
30g Mandelmehl
50g Honig oder Ahornsirup
50ml Milch oder pflanzliche Milchalternative
1 TL Vanilleextrakt
30g gehackte Nüsse
Optional: Eine Prise Salz

1. Alle trockenen Zutaten (Proteinpulver, Hafermehl, Mandelmehl) in eine große Schüssel geben und vermischen.

2. Honig (oder Ahornsirup), Milch und Vanilleextrakt hinzufügen. Gut vermengen, bis eine feste Masse entsteht.

3. Bei Bedarf etwas mehr Milch hinzufügen, um eine formbare Masse zu erhalten.

4. Gehackte Nüsse unterheben.

5. Die Masse in eine mit Backpapier ausgelegte Form oder eine flache Schüssel geben.

6. Glatt streichen und für mindestens 1 Stunde in den Kühlschrank stellen, bis sie fest geworden ist.

7. Die feste Masse in Riegel schneiden und genießen!

VEGETARIAN

LOW CARB

Wusstest du schon?

Langeweile = Hunger & Müdigkeit? Entlarve die Illusionen!
Hast du dich jemals gefragt, warum du **plötzlich Hunger** verspürst oder dich **müde fühlst**, obwohl du vor kurzem gegessen hast? Oftmals sind diese Gefühle weniger ein Zeichen für echten physiologischen Bedarf als vielmehr für psychologische Einflüsse wie **Langeweile oder Stress**.

Wie Langeweile den Hunger beeinflusst
Wenn du Langeweile hast, wird dein Gehirn nach einer Stimulation suchen, um sich abzulenken. Eine häufige Reaktion ist es, Essen als Lösung zu verwenden – **oft ohne echten Hunger zu empfinden**. Hier tritt der sogenannte **emotionaler Hunger** auf, der nicht durch den Mangel an Nährstoffen, sondern durch die **psychologische Leere** ausgelöst wird. Dein Gehirn greift zum Essen, weil es eine schnelle Belohnung erwartet, die es beruhigt.

Was kannst du tun?
Wenn du das Gefühl hast, hungrig zu sein, überprüfe, **ob du wirklich eine physiologische Notwendigkeit für Nahrung hast** oder ob du lediglich **durch Langeweile beeinflusst** wirst.

Vermeide Ablenkung durch Essen: Versuche, die ursprüngliche Quelle der Langeweile zu erkennen und suche nach **alternativen Möglichkeiten**, dich zu beschäftigen – wie ein **kurzer Spaziergang**, ein kreatives Projekt oder ein geistiger Fokus.

Manchmal wird Hunger mit Durst verwechselt. Trinke regelmäßig Wasser, um das Gefühl der Müdigkeit und des Hungers zu minimieren.

Kombiniere Bewegung und Ernährung: Bewegung hilft, die Energielevel zu stabilisieren und fördert die Ausschüttung von Endorphinen, die dich wach und aktiv halten.

Power-Tipp:
Aktiv bleiben – Anstatt dich durch Langeweile **treiben zu lassen**, versuche es mit einer **kleinen Aktivität oder Bewegun**g, die dein Gehirn wach hält – ob ein kurzer Spaziergang oder eine kleine Übungseinheit!

Low Calorie

Low-Kcal Protein Riegel

8.43 g Protein

Portionen: 8 Riegel

(pro Riegel): Kalorien: 130 Protein: 8.43g

Kohlenhydrate: 9.42g Fett: 6.74g

120g Proteinpulver (Geschmack nach Wahl)
30g Hafermehl
30g Mandelmehl
30g Honig oder Ahornsirup
Eine Prise Salz
40ml ungesüßte Mandelmilch oder eine andere pflanzliche Milchalternative
1 TL Vanilleextrakt

Optional: 20g gehackte Nüsse

1. Alle trockenen Zutaten (Proteinpulver, Hafermehl, Mandelmehl, eine Prise Salz) in einer Schüssel vermischen.

2. Honig (oder Ahornsirup), Mandelmilch und Vanilleextrakt hinzufügen.

3. Gut vermengen, bis eine feste Masse entsteht. Bei Bedarf etwas mehr Mandelmilch hinzufügen, um eine formbare Masse zu erhalten.

4. Optional: Gehackte Nüsse unterheben.

5. Die Masse in eine mit Backpapier ausgelegte Form oder eine flache Schüssel geben.

6. Glatt streichen und für mindestens 1 Stunde in den Kühlschrank stellen, bis sie fest geworden ist.

7. Die feste Masse in Riegel schneiden und genießen!

VEGETARIAN

LOW CARB

Low-Kcal Milchshake

9.87 g Protein

Portionen: 1

(pro Portion): Kalorien: 561 Protein: 9.87g

Kohlenhydrate: 26.63g Fett: 4.98g

150 ml 0,1% Milch (oder 0,3% Fett)
1 Esslöffel Proteinpulver (Geschmack nach Wahl, z.B. Vanille, Schoko, Erdbeere)
1/2 kleine Banane (gefroren)
5-8 Tropfen Vanilleextrakt

Optional: Süßstoff nach Geschmack Eiswürfel nach Belieben

1. Die gefrorene Banane in kleine Stücke schneiden.

2. Alle Zutaten in einen Mixer geben.

3. Auf hoher Stufe mixen, bis alles gut vermischt und eine cremige Konsistenz erreicht ist.

4. Bei Bedarf mehr Eiswürfel hinzufügen, um den Shake zu verdicken oder abzukühlen.

5. In ein Glas gießen und genießen.

Power Tipp

Für eine zusätzliche Geschmacksnote kannst du etwas Zimt hinzufügen.

VEGETARIAN

LOW CARB

Wusstest du schon?

Rückenschmerzen, Latissimusschmerzen und Beinschmerzen sind weit verbreitet :

Weit verbeitet, oft durch einfache Übungen linderbar! Egal, ob es Verspannungen, Fehlhaltungen oder Bewegungsmangel sind, gezielte Bewegungen können wahre Wunder bewirken.

Was kannst du tun?

Schau dir YouTube-Videos mit passenden Übungen an. **Du brauchst keine komplizierten Programme** – oft helfen schon **kleine, gezielte Bewegungen**, um Verspannungen zu lösen und **Schmerzen zu reduzieren.**

Krafttraining & Dehnung – Eine Einheit!

Es gibt kein langfristiges Krafttraining ohne Dehnung. Natürlich kann man jahrelang, sogar über ein Jahrzehnt, trainieren, ohne sich zu dehnen – **aber früher oder später treten Verspannungen auf**, die oft mit Schmerzen verwechselt werden. Das Ziehen ist ein Zeichen dafür, dass der Muskel Aufmerksamkeit braucht, da er sehr offensichtlich verkürzt ist durch das Krafttraining. Deshalb ist es ratsam, regelmäßig Dehnübungen einzubauen – nicht zu viel, nicht zu wenig, sondern genau nach Bedarf!

Power-Tipp:

Die perfekte Ausführung? Völlig egal!
Daran scheitern die meisten.
Mache die Übungen so, wie sie für dich passen. Du merkst, dass du richtig liegst, sobald es zieht oder genau dort leicht weh tut, wo du sowieso Schmerzen hast.
Eine Minute reicht schon aus – zwei Minuten sind noch besser!

Protein Getränke

Vegan Milchshake

4.25 g Protein

Portionen: 1

(pro Portion): Kalorien: 136 Protein: 4.25g

Kohlenhydrate: 9.49g Fett: 9.96g

200ml Wasser
30g Vegan Proteinpulver (Geschmack nach Wahl, z.B. Schoko, Vanille oder Erdbeere)
1 EL Mandelbutter oder Erdnussbutter (optional)
Ein paar Eiswürfel

1. Alle Zutaten in einen Mixer geben.

2. Auf hoher Stufe mixen, bis alles gut vermischt und eine cremige Konsistenz erreicht ist.

3. Nach Bedarf mehr Milch hinzufügen, um die gewünschte Konsistenz zu erreichen.

4. Den Milchshake in ein Glas gießen und nach Belieben mit einem Strohhalm servieren.

VEGAN

LOW CARB

Protein Kaffee

23.72 g Protein

Portionen: 1

(pro Portion): Kalorien: 108 Protein: 23.72g

Kohlenhydrate: 1.88g Fett: 0.52g

1 Tasse Kaffee (ca. 240ml)
30g Proteinpulver (Geschmack nach Wahl, z.B. Vanille oder Schokolade)
Süßstoff nach Wahl

Optional: Aromen (z.B. Vanille oder Zimt)

1. Kaffee deiner Wahl zubereiten.

2. In einer separaten Tasse oder einem Shaker das Proteinpulver mit einer kleinen Menge kalter Milch mischen, um eine Paste zu bilden.

3. Proteinpaste langsam, nach und nach in den heißen Kaffee mischen und dabei kontinuierlich umrühren, um Klumpen-Bildung zu vermeiden.

5. Optional den Kaffee nach Belieben mit einem Süßstoff und/oder Aromen wie Vanille oder Zimt abschmecken.

VEGAN

LOW CARB

Kokos Kaffee

15.65 g Protein

Portionen: 1

(pro Portion): Kalorien: 216 Protein: 15.65g

Kohlenhydrate: 13.28g Fett: 11.72g

1 Tasse Kaffee
30g Proteinpulver (Vanille)
1 EL Kokosmilch (aus der Dose, ungesüßt)
1 TL Kokosöl
Optional: 1 TL Honig oder Süßungsmittel nach Wahl
Etwas kaltes Wasser oder Milch (zum Paste bilden)

1. Kaffee deiner Wahl zubereiten.

1. Proteinpulver in eine Tasse geben und mit etwas kaltem Wasser oder Milch zu einer Paste vermischen, um Klumpen-Bildung zu vermeiden.

2. Den heißen Kaffee über die Proteinpulver-Paste gießen und gut umrühren, bis sich das Pulver vollständig aufgelöst hat.

3. Kokosmilch und Kokosöl hinzufügen und nochmals gut umrühren, bis alle Zutaten gleichmäßig verteilt sind.

4. Nach Belieben mit Honig oder einem Süßungsmittel nach Wahl süßen und genießen!

VEGAN

LOW CARB

Amino Drink

0.08 g
Protein

Portionen: 1

(pro Portion): Kalorien: 270 Protein: 0.08g

Kohlenhydrate: 1.66g Fett: 30.06g

1 Messlöffel (ca. 30g) EAA-Pulver

250 ml Wasser

Saft einer halben Zitrone

Ein paar Eiswürfel

1. EAA-Pulver und ggf. Früchte-Proteinpulver in ein Glas geben.

2. Wasser langsam hinzufügen und dabei die ganze Zeit gut umrühren, bis beide Pulver vollständig aufgelöst sind.

3. Zitronensaft und Eiswürfel dazugeben.

4. Nach Belieben mit Süßstoff oder Honig abschmecken.

5. Gut umrühren und genießen.

Power Tipp

Gebe ein paar frische Minzblätter hinzu,
um dem Getränk eine erfrischende Note zu verleihen.

VEGAN

LOW CARB

Wusstest du schon?

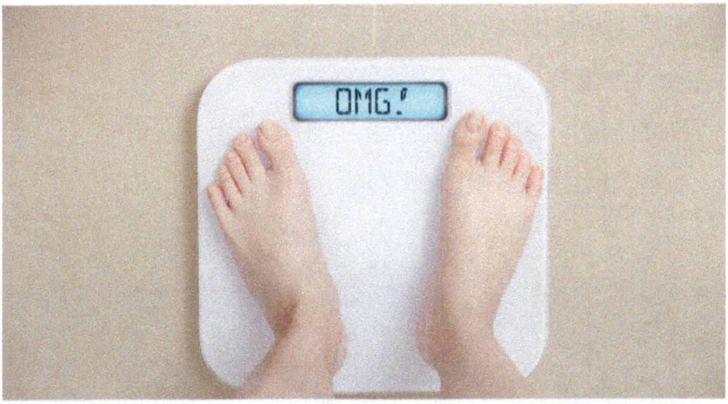

Abnehmen & den Anfang finden – Warum die meisten scheitern!

Hast du schon einmal versucht, eine Ernährungsumstellung, alias "Diät" zu starten, aber nach ein paar Tagen **wieder aufgegeben**? Dann liegt es wahrscheinlich daran, dass du den Prozess **falsch wahrgenommen** hast!

Die meisten stellen sich vor, dass Abnehmen ein monatelanger harter Kampf ist – **doch in Wahrheit geht es nur darum, die ersten 3 bis 4 Tage zu überstehen**. Danach gewöhnt sich dein Körper daran und es fühlt sich nicht mehr wie eine "Diät", sondern wie **dein neuer Normalzustand** an!

Der größte Denkfehler: Der Fokus auf die lange Dauer

Die meisten berechnen zuerst, wie viel Fett sie verbrennen müssen und dann, wie lange es dauert – also wie viele Kalorien sie täglich einsparen müssen und über wie viele Monate sich das zieht. Genau in diesem Moment scheitern viele.

⛔ **Das Ziel erscheint zu weit weg!**
⛔ **Die Motivation geht sofort verloren!**
⛔ **Man startet gar nicht erst!**

Doch die Realität ist: Du musst nur **wenige Tage durchhalten**, bis deine neue Ernährung für dich völlig normal ist. **Danach fühlt es sich nicht mehr wie Verzicht an** – es ist einfach Teil deines Lebens!

Power-Tipp:
EXTRA-TIPP FÜR MÄNNER: Bart ab! 🔨
Ja, du hast richtig gelesen! Rasiere deinen Bart komplett ab – auch den Stoppelbart!
Nur so siehst du täglich in den Spiegel, ohne dass der Bart einen Teil deines Gesichts kaschiert.
Mit Bart wirkt dein Gesicht oft schlanker – ohne siehst du die Realität direkt ins Gesicht.
Probier es aus, wenn du es wirklich ernst meinst, Körperfett zu verlieren!
Das kann dir den nötigen Antrieb geben, um endlich anzufangen!

Snacks

Vegan Schokomousse

7.05 g Protein

Portionen: 1

(pro Portion): Kalorien: 477 Protein: 7.05g

Kohlenhydrate: 54.86g Fett: 31.65g

1 reife Avocado
3 EL Kakaopulver (ungesüßt)
2 EL Ahornsirup oder Agavendicksaft
1 TL Vanilleextrakt
1 Prise Salz
Einige Erdbeeren zum garnieren

1. Avocado halbieren, entkernen und das Fruchtfleisch in einen Mixer geben.

2. Seidentofu, Kakaopulver, Ahornsirup, Vanilleextrakt und eine Prise Salz hinzufügen.

3. Alles glatt pürieren, bis eine cremige Konsistenz erreicht ist.

4. Das Schokomousse in ein Glas füllen und optional mit Blaubeeren garnieren.

5. Bei Bedarf: Die Mousse in zwei Schalen füllen und für 30 Minuten im Kühlschrank kühlen.

VEGAN

LOW CARB

Lachsrollen mit Frischkäse

24.92 g Protein

Portionen: 2 (4 Röllchen, 2 pro Peron)
(pro Portion): Kalorien: 315 Protein: 24.92g
Kohlenhydrate: 5.17g Fett: 21.55g

200g geräucherter Lachs (in Scheiben)
100g Frischkäse
2 Lauchzwiebeln
1 TL Zitronensaft
Salz und Pfeffer nach Geschmack
Blattsalat (z.B. Romanasalat)

1. Frischkäse in eine Schüssel geben. Lauchzwiebeln kleinhacken, Zitronensaft und die frischen Kräuter hinzufügen.

2. Alles gut vermengen und mit Salz und Pfeffer abschmecken.

3. Die Scheiben des geräucherten Lachs vorsichtig auf einem Arbeitsbrett auslegen.

4. Etwa 1-2 Teelöffel der Frischkäse-Mischung auf jede Lachs-Scheibe geben und gleichmäßig verteilen (so viel, dass sie sich noch zurollen lassen).

5. Die Lachs-Scheiben vorsichtig aufrollen, sodass die Füllung in der Mitte bleibt.

6. Einige Blätter des Blattsalats waschen und auf ein Teller legen.

7. Die Lachsrollen mit der Nahtseite nach unten die Salatblätter legen, damit sie nicht auseinanderfallen.

8. Optional noch mit frischen Kräutern (z.B. Dill) oder Lauchzwiebeln garnieren.

LOW CARB

Protein Himbeer-Quark (vegan)

34.4 g Protein

Portionen: 1

(pro Portion): Kalorien: 298 Protein: 34.4g

Kohlenhydrate: 30.33g Fett: 4.87g

200g ungesüßter Sojaquark
30g pflanzliches Proteinpulver
100g frische Himbeeren
1 TL Vanilleextrakt (optional)

Optional: Frische Minzblätter zum garnieren.

1. Sojaquark in eine Schüssel geben.

2. Pflanzliches Proteinpulver, Agavendicksaft und optional den Vanilleextrakt hinzufügen.

3. Alles gut verrühren, bis eine glatte, cremige Masse entsteht. Im Kühlschrank kaltstellen.

4. Den veganen Quark in eine Schale oder ein Glas geben.

5. Die Himbeeren über den Quark verteilen.

6. Optional: Mit frischen Minzblättern garnieren.

VEGAN

LOW CARB

Hummus mit Gemüse (vegan)

9.71g Protein

Portionen: 2
(pro Portion): Kalorien: 312 Protein: 9.71g
Kohlenhydrate: 33.3g Fett: 16.81g

1 Dose Kichererbsen (240g, abgetropft und abgespült)
Gemüse nach Wahl **(z.B Möhren, Gurken, Kohlrabi, etc.)**
1 Knoblauchzehe, geschält
Salz und Pfeffer nach Geschmack
1-2 EL Wasser (je nach gewünschter Konsistenz)
Paprikapulver (zum Garnieren)
2 EL Zitronensaft
2 EL Olivenöl

1. Die Kichererbsen in einen Mixer oder eine Küchenmaschine geben.

2. Tahini, Knoblauch, Zitronensaft, Olivenöl, Salz und Pfeffer hinzufügen.

3. Alles gut mixen, bis eine glatte und cremige Masse entsteht.

4. Falls die Konsistenz zu dick ist, nach und nach 1-2 EL Wasser hinzufügen, bis die gewünschte Cremigkeit erreicht ist.

5. Den Hummus in eine Schüssel geben und mit Paprikapulver bestreuen.

VEGAN

LOW CARB

Protein Grießbrei

17.06g Protein

Portionen: 2

(pro Portion): Kalorien: 337 Protein: 17.06g

Kohlenhydrate: 34.37g Fett: 14.37g

50g Hartweizengrieß
400ml Milch 0,1%
30g Proteinpulver (Vanille)
Optional: EL Butter
ca. 4 Kirschen (oder andere Früchte, z.B. Beeren-Mix)
1 TL Honig oder 1 TL Süßstoff nach Geschmack
1/2 TL Vanilleextrakt (optional)
1 Prise Salz

1. Die Milch in einem Topf erhitzen, bis sie warm ist (aber nicht kochen lassen).

2. Den Hartweizengrieß langsam in die warme Milch einrühren, dabei ständig rühren, um Klumpen zu vermeiden.

3. Die Mischung bei mittlerer Hitze unter gelegentlichem Rühren köcheln lassen, bis der Grieß weich und die Mischung dick geworden ist (ca. 4-5 Minuten).

4. Das Proteinpulver einrühren, bis es gut vermischt ist.

5. Nach Belieben mit Honig oder Süßstoff und Vanilleextrakt abschmecken.

6. Eine Prise Salz hinzufügen.

7. Den Grießbrei in Schalen verteilen und die Kirschen schneiden (oder andere Früchte) und darauf verteilen.

8. Optional: 1 EL Butter auf den Grießbrei legen und einrühren.

VEGETARIAN

LOW CARB

„Das, was du WIRKLICH brauchst zum Abnehmen & Muskelaufbau“

Was dir niemand über Proteine verrät

Proteine spielen eine entscheidende Rolle nicht nur beim Muskelaufbau, sondern auch bei der Gewichtsregulation. Doch es gibt einige wichtige Aspekte über Proteine, die oft übersehen werden und die einen erheblichen Einfluss auf deine Ernährung und Fitnessziele haben können.

Proteine und Gewichts-management

Ein häufiges Missverständnis ist, dass alle Proteine praktisch fettfrei sind. Während proteinreiche Lebensmittel wie magerer Fisch, Hähnchenbrust und Thunfisch in der Regel wenig Fett enthalten, gibt es auch Proteinquellen wie Käse, die zusätzlich viel Fett liefern können. Die Wahl der richtigen Proteinquellen kann daher entscheidend dafür sein, ob du Gewicht verlierst oder Muskeln aufbaust.

Der thermische Effekt von Proteinen

Ein weiterer oft übersehener Faktor ist der thermische Effekt von Proteinen. Beim Verstoffwechseln von Proteinen benötigt der Körper mehr Energie als bei Kohlenhydraten oder Fetten. Schätzungsweise 20-30% der Kalorien aus Proteinen werden allein für den Verdauungsprozess verwendet. Das bedeutet, dass du von 100 Kalorien aus Hähnchenbrustfilet effektiv nur etwa 70-80 Kalorien aufnimmst

Kalorienzählung bei Proteinen

Es ist wichtig zu verstehen, dass die Kalorien aus Proteinen nicht vollständig in die Gesamtbilanz einfließen sollten, da ein Teil dieser Kalorien für den Stoffwechselprozess verwendet wird.

Obwohl es empfohlen wird, Kalorien zu zählen, um ein Bewusstsein für deine Ernährung zu entwickeln, kannst du bei Proteinen davon ausgehen, dass du weniger Kalorien aufnimmst als angegeben.

Mehr dazu in den nächsten Kapiteln

In den kommenden Kapiteln werden wir detaillierter darauf eingehen, wie du diese Erkenntnisse praktisch umsetzen kannst, um deine Fitnessziele zu erreichen.

Wir werden spezifische Tipps geben, wie du die richtigen Proteinquellen auswählst, deine Ernährung optimierst und das Maximum aus dem thermischen Effekt herausholst, um deine Gesundheit und Fitness zu fördern.

Bleib dran und entdecke, wie du durch das richtige Verständnis und die richtige Anwendung von Proteinen deine Ziele effektiv unterstützen kannst.

Körperfett einfach reduzieren: Effektive Strategien für nachhaltigen Erfolg

Die Reduktion von Körperfett ist ein zentrales Ziel vieler Menschen auf dem Weg zu einem gesünderen Lebensstil. Doch wie gelingt es am besten, Körperfett effektiv und nachhaltig zu reduzieren? In diesem Abschnitt werden wir dir detaillierte Strategien vorstellen, die dir helfen werden, dein Körperfett zu reduzieren, ohne aufwendige Diäten oder extreme Maßnahmen ergreifen zu müssen.

Grundlagen der Körperfett-reduktion

Der Schlüssel zur erfolgreichen Reduktion von Körperfett liegt in einer Kombination aus Ernährung, Bewegung und einem gesunden Lebensstil:

Kalorienbilanz: Um Körperfett zu verlieren, musst du mehr Kalorien verbrennen, als du aufnimmst. Dies kann durch eine ausgewogene Ernährung mit einem moderaten Kaloriendefizit erreicht werden.

Ernährungsoptimierung: Wähle nährstoffreiche Lebensmittel, die deinen Körper mit essentiellen Nährstoffen versorgen und gleichzeitig den Kalorienverbrauch unterstützen.

Bewegung und Training: Kombiniere Cardio-Training zur Verbrennung von Kalorien mit Krafttraining zur Erhaltung der Muskelmasse. Muskeln sind metabolisch aktiv und helfen dabei, den Stoffwechsel zu erhöhen.

Effektive Strategien zur Körper-fettreduktion

Einfache Lebensmittelwahl: Entscheide dich für vollwertige Lebensmittel mit einem hohen Nährwert und vermeide stark verarbeitete Produkte und zuckerhaltige Snacks.

Portionskontrolle: Achte auf die Portionsgrößen und vermeide übermäßiges Essen, auch wenn es sich um gesunde Lebensmittel handelt.

·**Hydratation:** Trinke ausreichend Wasser, um den Stoffwechsel zu unterstützen und das Hungergefühl zu kontrollieren.

Schlaf und Erholung: Eine ausreichende Schlafqualität ist wichtig für den Stoffwechsel und die Regeneration des Körpers.

Nachhaltigkeit und langfristiger Erfolg

Der Schlüssel zur langfristigen Körperfettreduktion liegt in der Schaffung gesunder Gewohnheiten, die nachhaltig sind und in deinen Alltag integriert werden können. Durch die Anwendung dieser Strategien wirst du nicht nur Körperfett reduzieren, sondern auch deine allgemeine Gesundheit und Fitness verbessern.
Bleib dran, denn im weiteren Verlauf werden wir detaillierte Tipps und praktische Übungen vorstellen, die dir dabei helfen werden, deine Ziele zur Körperfettreduktion effektiv zu erreichen und langfristig zu erhalten.

Die beste Ernährungsform für dich: Low Carb, Keto, High Carb und mehr

Die Auswahl der richtigen Ernährungsform ist entscheidend für deine Fitnessziele, sei es der Aufbau von Muskelmasse oder die Reduktion von Körperfett.

Es gibt eine Vielzahl von Ernährungsansätzen, die jeweils ihre eigenen Vor- und Nachteile haben. Hier eine umfassende Übersicht über weitere Ernährungsformen, die dir dabei helfen können, deine Ziele zu erreichen:

Low Carb

Eine Low Carb Ernährung reduziert die Aufnahme von Kohlenhydraten und betont den Konsum von proteinreichen und fettreichen Lebensmitteln. Dies kann dazu beitragen, den Blutzuckerspiegel stabil zu halten und den Körper in einen Zustand zu versetzen, in dem er vermehrt Fett verbrennt.
Beliebte Lebensmittel sind Fleisch, Fisch, Gemüse und gesunde Fette wie Avocados und Nüsse. Vorteile sind oft ein schneller Gewichtsverlust und eine verbesserte Insulinsensitivität, jedoch erfordert es Disziplin und kann soziale Einschränkungen mit sich bringen.

Keto (Ketogene Ernährung)

Die ketogene Ernährung ist extrem kohlenhydratarm und hoch in gesunden Fetten. Ziel ist es, den Körper in einen Zustand der Ketose zu versetzen, wodurch er Fett als primäre Energiequelle nutzt. Dies kann zu einer effektiven Fettverbrennung führen und einige Menschen berichten von erhöhter geistiger Klarheit und reduziertem Hungergefühl. Nachteile sind die strikte Einhaltung der Makronährstoffe und mögliche Nebenwirkungen wie Müdigkeit und Verdauungsprobleme.

High Carb

Eine High Carb Ernährung basiert auf einer erhöhten Aufnahme von Kohlenhydraten, vor allem aus Vollkornprodukten, Obst und Gemüse. Diese Ernährungsform unterstützt die Glykogenspeicherung, was wichtig für intensive Trainingseinheiten ist, und kann die Ausdauerleistung verbessern. Vorteile sind eine einfache Umsetzung und die Förderung einer gesunden Darmflora, aber sie kann auch zu übermäßigem Konsum raffinierter Kohlenhydrate führen und Blutzuckerschwankungen verursachen.

Vegetarisch und Vegan

Vegetarier verzichten auf Fleisch, nicht aber auf alle tierischen Produkte. Veganer hingegen meiden sowohl Fleisch als auch andere tierische Erzeugnisse, und setzen auf pflanzliche Lebensmittel wie Obst, Gemüse, Nüsse, Samen und Hülsenfrüchte.

Diese Ernährungsweise kann zur Gewichtsabnahme beitragen, wenn sie richtig umgesetzt wird, und bietet viele gesundheitliche Vorteile wie eine höhere Aufnahme von Ballaststoffen und Antioxidantien. Nachteile können ein erhöhter Bedarf an Nährstoffen wie Vitamin B12 und Eisen sein, die in tierischen Produkten reichlich enthalten sind.

Mediterrane Diät
Die mediterrane Diät betont den Verzehr von Obst, Gemüse, Olivenöl, Fisch und Vollkornprodukten und reduziert den Konsum von rotem Fleisch und gesättigten Fetten. Diese Ernährungsweise ist reich an gesunden Fetten und Antioxidantien, die das Herz-Kreislauf-System unterstützen können. Vorteile sind eine verbesserte Herzgesundheit und ein geringeres Risiko für chronische Krankheiten, aber sie erfordert eine bewusste Auswahl von Lebensmitteln und kann in Regionen außerhalb des Mittelmeerraums teurer sein.

Paleo-Diät
Die Paleo-Diät orientiert sich an der Ernährung unserer Vorfahren während der Steinzeit und schließt verarbeitete Lebensmittel, Getreide, Zucker und Milchprodukte aus. Stattdessen konzentriert sie sich auf Fleisch, Fisch, Eier, Gemüse, Obst, Nüsse und Samen. Diese Ernährungsweise kann helfen, Gewicht zu verlieren und die Verdauung zu verbessern, jedoch kann es schwierig sein, sich an die Einschränkungen zu halten und den täglichen Bedarf an Nährstoffen zu decken.

Flexitarisch
Eine flexitarische Ernährung kombiniert Elemente einer vegetarischen Ernährung mit gelegentlichem Konsum von Fleisch und Fisch. Dieser Ansatz fördert eine flexible und ausgewogene Ernährung, die auf persönliche Vorlieben und Gesundheitsziele zugeschnitten ist. Vorteile sind die erhöhte Vielfalt und die Möglichkeit, die Ernährung nach Bedarf anzupassen, während Nachteile eine mögliche Unregelmäßigkeit im Konsum von Nährstoffen sein können.

Die richtige Wahl treffen

Die beste Ernährungsform für dich hängt von deinen individuellen Zielen, Vorlieben und gesundheitlichen Bedürfnissen ab. Es ist wichtig, verschiedene Ansätze auszuprobieren und zu experimentieren, um herauszufinden, was am besten für dich funktioniert.

Eine ausgewogene Ernährung, die reich an Nährstoffen ist und deine langfristige Gesundheit unterstützt, bleibt dabei entscheidend.

Indem du deine Ernährung bewusst anpasst und auf die Signale deines Körpers achtest, kannst du die Ernährungsweise finden, die nicht nur deine Fitnessziele unterstützt, sondern auch nachhaltig und förderlich für dein Wohlbefinden ist

Woran die wenigsten denken: Biologische Wertigkeit

Die biologische Wertigkeit ist ein wichtiges Konzept in der Ernährung, das die Qualität von Proteinquellen bewertet und deren Fähigkeit misst, den Körper mit essentiellen Aminosäuren zu versorgen, die er nicht selbst herstellen kann. Je höher die biologische Wertigkeit eines Proteins ist, desto besser kann der Körper es für den Aufbau und die Erhaltung von Gewebe nutzen. Aus diesem Grund muss die Proteinmenge nicht zwangsläufig hoch sein, wenn die biologische Wertigkeit auf einem hohen Niveau liegt.

Bedeutung der biologischen Wertigkeit

Die biologische Wertigkeit hängt davon ab, wie gut ein Protein die Aminosäuren liefert, die der Körper benötigt, um Proteine zu synthetisieren.Essentielle Aminosäuren sind für zahlreiche Funktionen im Körper unerlässlich, einschließlich des Aufbaus von Muskeln, Organen und des Immunsystems. Proteine mit einer hohen biologischen Wertigkeit sind besonders wertvoll für Sportler, Vegetarier, Veganer und Menschen, die ihre Ernährung optimieren möchten.

Bestimmung der biologischen Wertigkeit

Die biologische Wertigkeit wird in der Regel anhand der Fähigkeit eines Proteins gemessen, das menschliche Protein im Körper zu ersetzen und zu reparieren. Der Goldstandard für die biologische Wertigkeit ist Eiprotein (100), da es alle essentiellen Aminosäuren in optimalen Mengen enthält und vom Körper sehr gut aufgenommen wird. Andere Proteinquellen werden im Vergleich zu Ei bewertet:

Milchprotein (Casein und Molke): Milchprotein hat eine biologische Wertigkeit von etwa 80-90, was es zu einer ausgezeichneten Quelle für Proteine macht, die langsam oder schnell verdaut werden können.

Fleischprotein (Huhn, Rind): Fleisch hat eine biologische Wertigkeit von etwa 75-90, abhängig von der Quelle und Zubereitungsmethode.

Fischprotein (Lachs, Thunfisch): Fischprotein variiert zwischen 75-85, und fettiger Fisch wie Lachs bietet zusätzliche gesundheitliche Vorteile.

Sojaprotein: Sojaprotein hat eine biologische Wertigkeit von etwa 70-85 und ist eine der besten pflanzlichen Proteinquellen, da es alle essentiellen Aminosäuren liefert.

Erbsenprotein: Erbsenprotein liegt bei einer biologischen Wertigkeit von etwa 65-75 und ist besonders für Vegetarier und Veganer geeignet

Hülsenfrüchte (Bohnen, Linsen): Diese haben eine biologische Wertigkeit von etwa 45-60, was sie zu einer wichtigen Quelle für pflanzliche Proteine macht, aber sie sind nicht so vollständig wie tierische Quellen.

Tabelle der biologischen Wertigkeiten (fiktiv, ohne spezifische Werte)

Biologische Wertigkeit

Kartoffel & Ei	Sehr hoch	(137)
Milch & Weizen	Sehr hoch	(122)
Ei & Soja	Sehr hoch	(122)
Ei & Weizen	Hoch	(118)
Rindfl. & Kartoffl.	Hoch	(114)
Milch & Weizen	Mittel	(105)
Bohnen & Mais	Mittel	(101)

Fazit

Die Auswahl der richtigen Proteinquelle hängt von verschiedenen Faktoren ab, einschließlich der biologischen Wertigkeit. Es ist wichtig, eine Vielzahl von Proteinquellen in deine Ernährung einzubeziehen, um sicherzustellen, dass du alle essentiellen Aminosäuren erhältst, die dein Körper benötigt.

Eine ausgewogene Ernährung mit einer optimalen Mischung aus tierischen und pflanzlichen Proteinen kann helfen, deine Fitnessziele zu unterstützen und deine Gesundheit zu fördern.

Der thermische Effekt von Lebensmitteln

Der thermische Effekt von Lebensmitteln bezieht sich auf die Energie, die der Körper benötigt, um Nahrung zu verdauen, aufzunehmen und zu verstoffwechseln. Jede Art von Nahrung hat einen unterschiedlichen thermischen Effekt, der durch ihre Zusammensetzung bestimmt wird.

Proteine

Proteine haben den höchsten thermischen Effekt unter allen Makronährstoffen. Etwa 20-30% der Kalorien aus Protein werden benötigt, um es zu verdauen und zu verstoffwechseln. Das bedeutet, wenn du beispielsweise 100 Kalorien aus Protein zu dir nimmst, werden davon nur etwa 70-80 Kalorien tatsächlich vom Körper aufgenommen.

Kohlenhydrate

Kohlenhydrate haben einen moderaten thermischen Effekt. Etwa 5-10% der Kalorien aus Kohlenhydraten werden zur Verdauung und Verstoffwechselung benötigt. Das bedeutet, dass von 100 Kalorien aus Kohlenhydraten etwa 90-95 Kalorien dem Körper zur Verfügung stehen.

Fette

Fette haben den geringsten thermischen Effekt. Nur etwa 0-3% der Kalorien aus Fetten werden für die Verdauung und den Stoffwechsel benötigt. Das bedeutet, dass praktisch alle

Bedeutung für die Gewichts-regulation

Der thermische Effekt von Lebensmitteln spielt eine Rolle bei der Gewichtsregulation. Eine Ernährung, die reich an Proteinen ist, kann den Stoffwechsel anregen und dabei helfen, Kalorien zu verbrennen.

Dies ist einer der Gründe, warum proteinreiche Diäten oft bei der Gewichtsabnahme helfen können.

Im Gegensatz dazu haben Fette einen geringen thermischen Effekt und werden daher leichter in Form von Körperfett gespeichert, wenn sie in großen Mengen konsumiert werden.

Optimierung der Ernährung

Um den thermischen Effekt von Lebensmitteln zu nutzen, ist es sinnvoll, eine ausgewogene Ernährung zu wählen, die reich an Proteinen, moderaten Mengen an Kohlenhydraten und gesunden Fetten ist.

Dies hilft nicht nur bei der Gewichtsregulation, sondern unterstützt auch einen stabilen Blutzuckerspiegel und fördert eine lang anhaltende Sättigung.

Der thermische Effekt von Lebensmitteln zeigt, dass nicht alle Kalorien gleich sind. Durch die Wahl von proteinreichen Lebensmitteln und die Optimierung der Makronährstoffverteilung kannst du deine Ernährung effektiv gestalten, um deine Gesundheits- und Fitnessziele zu erreichen.

Sport ist kein Muss: Warum Bewegung nicht der Schlüssel zum Abnehmen sein muss

Viele Menschen setzen beim Thema Gewichtsabnahme automatisch auf intensiven Sport wie Zumba für Frauen oder lange Joggingeinheiten und HIIT-Training für Männer. Doch häufig führt diese Annahme zu Frust und Heißhungerattacken nach dem Training.

Dabei kann der einfachste und effektivste Weg, um Gewicht zu verlieren, oft in den alltäglichen Schritten liegen, die wir im Laufe des Tages sammeln.

Es ist bekannt, dass regelmäßige Bewegung wie Spazierengehen und aktive Mobilität einen signifikanten Beitrag zur Kalorienverbrennung leisten können, ohne dass man sich dafür in übermäßig anstrengende Aktivitäten stürzen muss. Der Schlüssel liegt darin, diese Bewegung in den Alltag zu integrieren und konsequent zu nutzen.

Ein wichtiger Aspekt dabei ist die Messung und Aufzeichnung der täglichen Schritte. Ob über eine Smartwatch oder eine Smartphone-App, ein Schrittzähler hilft dabei, die eigenen Aktivitäten zu verfolgen und motiviert dazu, täglich mehr zu gehen.

Diese kleinen, alltäglichen Bewegungen können im Laufe eines Tages zusätzlich 1000 bis 1500 Kalorien verbrennen, ohne dass man sich dabei übermäßig anstrengt oder erschöpft fühlt. Das Beste daran ist, dass man dabei nicht das Risiko eingeht, anschließend mit Heißhungerattacken zu kämpfen.
Um den vollen Nutzen aus dieser Methode zu ziehen, ist es wichtig, konsequent zu bleiben und sich selbst zu motivieren, regelmäßig die Schritte zu überprüfen und gegebenenfalls anzupassen.

Diese einfache Strategie kann einen großen Unterschied machen und zeigt, dass man für effektive Gewichtsabnahme nicht unbedingt auf hochintensive Workouts angewiesen ist.

Wenn dich dieses Thema weiter interessiert und du mehr Unterstützung auf deinem Weg zu deinen Zielen benötigst, stehe ich dir gerne mit wertvollen Ratschlägen und weiterführendem Support zur Verfügung.

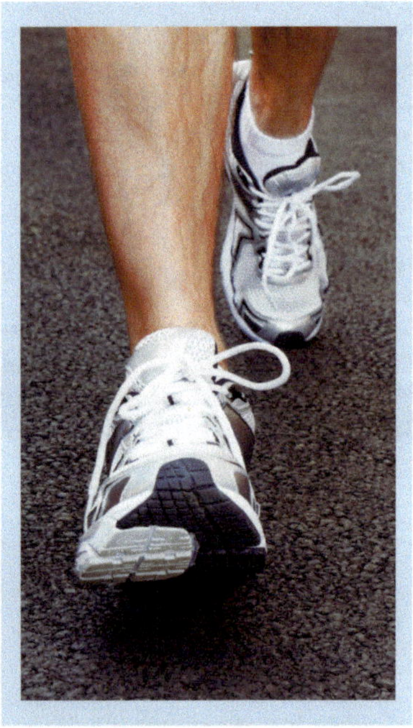

Geheime Wege, um in kürzester Zeit einen Traumkörper zu erreichen

Ein Traumkörper kann durch einfache, aber effektive Strategien erreicht werden, die nicht nur die Gewichtsreduktion fördern, sondern auch den Muskelaufbau unterstützen. Neben dem Sammeln von Schritten gibt es weitere Möglichkeiten, um schnellere Fortschritte zu erzielen:

1.Kurze, intensive Workouts: Statt sich stundenlang im Fitnessstudio zu quälen, können kurze, intensive Workouts wie Tabata oder Zirkeltraining effektiv sein. Diese Workouts erhöhen den Stoffwechsel und fördern den Muskelaufbau.

2.Körpergewichtsübungen:
Übungen, die das eigene Körpergewicht nutzen, wie Liegestütze, Klimmzüge, und Kniebeugen, sind einfach durchzuführen und können überall gemacht werden. Sie helfen dabei, Muskeln aufzubauen und den Körper zu straffen.

3.Yoga und Pilates: Diese Übungsformen verbessern nicht nur die Flexibilität und den Muskeltonus, sondern helfen auch bei der Entspannung und Stressbewältigung, was sich positiv auf den Gewichtsverlust auswirken kann.

4.Aktive Erholung: Statt auf der Couch zu sitzen, kann aktive Erholung wie leichtes Schwimmen, Radfahren oder Wandern helfen, Kalorien zu verbrennen und den Körper in Bewegung zu halten.

5.Gesunde Ernährungsgewohnheiten: Eine ausgewogene Ernährung, die reich an proteinreichen Lebensmitteln, gesunden Fetten und komplexen Kohlenhydraten ist, unterstützt nicht nur den Muskelaufbau, sondern auch die Fettverbrennung.

6. Regelmäßige Bewegung im Alltag:
Neben dem Schritte sammeln durch Spaziergänge oder Treppensteigen kann jede Form von regelmäßiger körperlicher Aktivität, wie Hausarbeiten, Gartenarbeit oder aktive Pausen im Büro, dazu beitragen, den Kalorienverbrauch zu steigern.

Diese leichten Wege sind einfach in den Alltag zu integrieren und können signifikante Ergebnisse bei der Erreichung deiner Fitnessziele liefern.

Indem du diese Strategien kombinierst und konsequent bleibst, kannst du einen schnellen Fortschritt hin zu deinem Traumkörper machen, ohne dich übermäßig zu stressen oder zu erschöpfen.

Kraftsport zu Hause: wird oft unterschätzt, dabei ist es eine effektive Möglichkeit, Muskeln aufzubauen und fit zu werden, ohne das Haus verlassen zu müssen. Viele Menschen scheitern nicht daran, dass sie nicht wissen, was sie im Fitnessstudio tun sollten, sondern daran, dass sie sich erst gar nicht aufraffen können, dorthin zu gehen.

Im Vergleich dazu erfordert das Training zu Hause deutlich weniger

Im Vergleich dazu erfordert das Training zu Hause deutlich weniger Überwindung. Es ist eine 1-zu-10-Herausforderung im Vergleich zum Aufwand, zum Fitnessstudio zu fahren.

Lass dich nicht von den Mythen täuschen, dass es zu Hause nicht möglich sei, viel Muskulatur aufzubauen. Diese Vorstellung stammt oft von Personen, die selbst keine Erfahrung damit haben oder nicht besser informiert sind. Es ist durchaus möglich, mit dem richtigen Training zu Hause signifikante Fortschritte zu erzielen, sei es durch Körpergewichtsübungen, Hanteltraining oder andere Methoden.

Ein weiterer Mythos betrifft das Training mit leichten Gewichten und vielen Wiederholungen. Es mag zwar anstrengend sein, 50 bis 80 Wiederholungen mit leichten Gewichten durchzuführen, im Vergleich zu wenigen Wiederholungen mit schweren Gewichten, doch das bedeutet keineswegs, dass man damit keine Muskulatur aufbauen kann. Tatsächlich kann ein Training mit höheren Wiederholungszahlen und moderaten Gewichten genauso effektiv sein, um Muskelmasse aufzubauen, insbesondere wenn die Intensität und das Volumen entsprechend angepasst werden.

Die Wissenschaft zeigt, dass unsere Muskelfasern sowohl auf hohe Belastung mit wenigen Wiederholungen als auch auf eine hohe Anzahl von Wiederholungen mit leichteren Gewichten reagieren können, um das Maximum an Muskelwachstum zu fördern. Unsere Muskulatur ist anpassungsfähig und kann durch verschiedene Trainingsreize effektiv stimuliert werden, um stärker und ausgeprägter zu werden.

Diese Grundlagen sind entscheidend, um die richtige Einstellung für dein Training zu Hause zu entwickeln und deine Fitnessziele schnellstmöglich zu erreichen. Indem du dich auf deine Ziele fokussierst, die Trainingsintensität variierst und kontinuierlich an deiner Technik arbeitest, kannst du auch ohne Fitnessstudio einen beeindruckenden Fortschritt erzielen.

Crashkurs: Einfach Abnehmen (ohne Diät und Sport) & Muskeln aufbauen

Dieser Crashkurs bietet dir die Möglichkeit, deine Fitnessziele zu erreichen, ohne auf traditionelle Diäten oder anstrengenden Sport angewiesen zu sein. Hier geht es darum, das Maximum aus dir herauszuholen, sei es beim Aufbau von Muskelmasse oder bei der Maximierung der Fettverbrennung.

Viele Menschen stehen vor der Herausforderung, ihre körperliche Verfassung zu verbessern, ohne sich dabei auf strenge Diätpläne oder intensiven Sport zu beschränken. Dieser Kurs bietet einen ganzheitlichen Ansatz, der auf wissenschaftlichen Erkenntnissen basiert und individuell auf dich zugeschnitten ist.

Indem du an diesem Crashkurs teilnimmst, wirst du Schritt für Schritt angeleitet und begleitet, um deine Ziele zu erreichen. Egal, ob du überschüssiges Fett abbauen, deine Muskulatur stärken oder einfach nur deine Fitness verbessern möchtest - hier wirst du lernen, wie du es auf effektive und nachhaltige Weise erreichen kannst.

Der Fokus liegt darauf, dass du das Beste aus dir herausholst, indem du deine Ernährung optimierst, gesunde Gewohnheiten etablierst und gezielte Übungen durchführst, die speziell auf deine Bedürfnisse abgestimmt sind. Durch praktische Anleitungen und wertvolle Tipps wirst du in die Lage versetzt, deine Gesundheitsziele zu erreichen und dabei deine persönliche Leistungsfähigkeit zu steigern. In den kommenden Kapiteln werden wir noch tiefer in die Themen eintauchen und zusätzliche Strategien vorstellen, die dir helfen werden, deine Fortschritte zu maximieren. Es geht darum, dich zu befähigen, die Kontrolle über deine Gesundheit und Fitness zu übernehmen, ohne dich übermäßig einschränken zu müssen.

Bleibe dran und entdecke, wie du mit unserem Crashkurs einfacher abnehmen und Muskeln aufbauen kannst, ohne auf traditionelle Methoden zurückzugreifen.

Letzter Geheimtipp: Mach bei der Challenge mit und erreiche deine Fitnessziele schneller als je zuvor!

Willst du endlich effektiv abnehmen und Muskeln aufbauen, ohne auf strenge Diäten oder zeitaufwändigen Sport angewiesen zu sein?

Dann ist diese Challenge genau das Richtige für dich!

Wir zeigen dir die geheimen Schlüssel zum Erfolg, die schon tausenden Teilnehmern geholfen haben, ihre Ziele zu erreichen.

Damit du die bestmöglichen Ergebnisse erzielst, erhältst du mit unserem exklusiven Videokurs die perfekte Unterstützung für deine Challenge.

Der Videokurs ist die Grundlage für deine Teilnahme und bietet dir alles, was du brauchst – Schritt-für-Schritt-Anleitungen, wertvolle Tipps und das Wissen, um deine Transformation effizient und nachhaltig zu gestalten.

Das erwartet dich im Kurs:

- ✅ **Reines Körperfett verlieren:** OHNE Diät & Sport
- ✅ **Muskelaufbau& Fettverbrennung:** gleichzeitig – so geht's richtig!
- ✅ **Geheime Abnehm-Hacks:** Die du noch nicht kennst!
- ✅ **Q&A: Stelle deine Fragen:** wir helfen dir persönlich!
- ✅ **Exklusive Community:** Tausche dich mit anderen Teilnehmern aus
- **100 % risikofrei:** 30 Tage Geld-zurück-Garantie
- **Bonus:** Eine Überraschung wartet auf dich!

Ich wünsche dir viel Erfolg und bedenke: Wohlbefinden ist unser Geburtsrecht!

Herzlichst,
dein Claudio Terranova

Hier gehts zum Kurs!

Noch unsicher? Schau dir die Teilnehmer-Bewertungen und unser kostenloses Vorschauvideo an!

Alternativ URL-Link:
https://rb.gy/bn3g70

Vielen Dank für Ihr Interesse an unserem Buch! Wir freuen uns, dass Sie sich für unser Werk entschieden haben.

Egal ob Lob oder Kritik – Ihr Feedback ist uns wichtig und immer willkommen!

Trotz sorgfältiger Recherche können gelegentlich Fehler auftreten. Wir bitten um Ihr Verständnis, dass der Verlag und die Autoren hierfür keine Haftung übernehmen.

Wichtiger Hinweis:

Dieses Buch dient ausschließlich zu Informationszwecken und ersetzt keine medizinische, ernährungswissenschaftliche oder sportliche Beratung durch qualifizierte Fachkräfte. Die Inhalte basieren auf eigenen Erfahrungen und Recherchen, stellen jedoch keine individuellen Handlungsempfehlungen dar.

Die Autoren und der Verlag übernehmen keinerlei Haftung für eventuelle gesundheitliche oder sonstige Folgen, die aus der Umsetzung der in diesem Buch enthaltenen Informationen, Rezepte oder Trainingsansätze resultieren.

Die Anwendung erfolgt ausdrücklich auf eigene Verantwortung. Bei bestehenden Vorerkrankungen, Allergien oder Unsicherheiten sollte vor einer Ernährungsumstellung oder sportlichen Betätigung ein Arzt oder Ernährungsberater konsultiert werden.

Sollten Sie Anregungen oder Hinweise haben, können Sie uns gerne unter cterranova@outlook.de erreichen.

 Wir hoffen, dass unser Buch Ihnen viele wertvolle Informationen und Inspiration bietet!

Deutschsprachige Erstausgabe März 2025 2. Auflage

Impressum Autor:

Claudio Terranova
Gartenheim 15
42107 Wuppertal

Covergestaltung und Satz:
Claudio Terranova, Alina Dalipi,
Jasmin Raif,
Lektorat: Aylin Ici
Herstellung und Verlag: SQUARE
2. Auflage ISBN: 978-3-68982-013-8

SQUARE

Printed in Poland
by Amazon Fulfillment
Poland Sp. z o.o., Wrocław

54218982R00085